Haruki Murakami

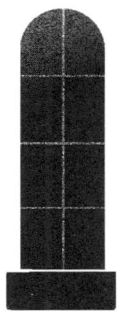

列克星敦的幽灵

レキシントンの幽霊

[日] 村上春树 著

林少华 译

上海译文出版社

目 录

孤独并不总是可以把玩　　　　　　　001

列克星敦的幽灵　　　　　　　　　　001

绿兽　　　　　　　　　　　　　　　022

沉默　　　　　　　　　　　　　　　028

冰男　　　　　　　　　　　　　　　052

托尼瀑谷　　　　　　　　　　　　　067

第七位男士　　　　　　　　　　　　091

盲柳，及睡女　　　　　　　　　　　112

后记　　　　　　　　　　　　　　　137

孤独并不总是可以把玩

这部短篇集尤其关乎孤独。

孤独,一如爱情与死亡,是人这一存在的本质和常态,也是文学作品一个永恒的主题。"月明星稀,乌雀南飞,绕树三匝,何枝可依"是一种孤独;"前不见古人,后不见来者,念天地之悠悠,独怆然而涕下"是一种孤独;"大道如青天,我独不得出"是一种孤独;"悄悄的我走了,正如我悄悄的来,我挥一挥衣袖,不带走一片云彩"也是一种孤独。"我现在哪里?……我在哪里也不是的场所的正中央连连呼唤绿子"同样是一种孤独,是村上春树笔下的孤独。

2003年初我在东京第一次见村上春树时,当面问及孤独,问及孤独和沟通的关系。他以一段颇为独特的表述作了回答,让我完整地写在这里:

是的，我是认为人生基本是孤独的。人们总是进入自己一个人的世界，进得很深很深。而在进得最深的地方就会产生"连带感"。就是说，在人人都是孤独的这一层面上产生人人相连的"连带感"。只要明确认识到自己是孤独的，那么就能与别人分享这一认识。也就是说，只要我把它作为故事完整地写出来，就能在自己和读者之间产生"连带感"。其实这也就是创作欲。不错，人人都是孤独的。但不能因为孤独切断同众人的联系，彻底把自己孤立起来，而应该深深挖洞。只要一个劲儿往下深挖，就会在某处同别人连在一起。一味沉浸于孤独之中用墙把自己围起来是不行的。这是我的基本想法。

的确，村上三十年来一直在程度不同地挖这样的洞，一直把挖洞的过程、感受和认识写成各种各样的故事，也的确因此同无数读者连在了一起，产生了"连带感"——通过《挪威的森林》中的渡边、直子、绿子，通过《且听风吟》《1973年的弹子球》和《寻羊冒险记》中的"我"、"鼠"以及杰氏酒吧的杰，通过《国境以南 太阳以西》中的初君和《斯普特尼克恋人》中的"我"、堇

| 孤独并不总是可以把玩 |

和斯普特尼克号人造卫星上搭载的莱卡狗那一对黑亮黑亮的眸子,通过若明若暗的酒吧,通过老式音箱中流淌的爵士乐,通过傍晚以淋湿地面为唯一目的的霏霏细雨,通过远处窗口犹如风中残烛的灵魂的最后忽闪的灯光……秦皇岛一位读者在来信中动情地诉说了由这样的孤独引起了"连带感":"(我)喝着咖啡,伴着夜色,一页页细细品读。那时还是夏天,凉凉的晚风透过纱窗,舞起窗帘,吹散咖啡杯上袅袅雾气……我的感觉好极了。细腻的笔触,孤独的生活,似乎就像写我自己。"这就是说,尽管村上故事中的孤独似乎大多是游离于社会主流之外的边缘人的孤独,但又奇异地属于主流和非主流中的每一个人,属于喧嚣暂且告一段落的都市的每一个夜晚。那是安静、平和而又富有质感的孤独。是的,你我是很孤独。孤独,却又隐约觉得自己同远方某个人、同茫茫宇宙中的某个未知物相亲相连。

　　在这里,孤独甚至已不含有悲剧性因素,而仅仅是一种带有宿命意味的无奈,一丝不无诗意的怅惘,一声达观而优雅的叹息。它如黄昏迷濛的雾霭,如月下遥远的洞箫,如旷野芬芳的百合,低回缠绵,挥之不去。说得极端些,这种孤独不仅需要慰藉,而且孤独本身即是慰藉，即是升华，即是格调，即是美。而村上的高明之处，还在于在这样的孤独情境中每每不动声色地提醒我们：你的心灵果真是属于你自己的吗？里面的内容没有被转换过吗？没有被铺天盖地的某种信息所侵蚀和俘虏吗？或者说，你的孤独是由自成一统的个人价值观生成的吗？如果你的回答是肯定的，你的孤独才不至于是浅层次的矫情，而是生命姿态本身，是主体性的自觉坚守和自然表达。总之，在中国读者眼里，村上作品没有波澜壮阔的宏大叙事，没有雄伟壮丽的主题雕塑，没有无懈可击的情节安排，也没有指点自己获取巨大世俗利益的暗示和走向终极幸福的承诺。但它有生命深处刻骨铭心的体悟，有对个体心灵自由细致入微的关怀，有时刻警醒本初自我的高度敏感，还有避免精神空间陷落的技术指南。而这一切都取决于"挖洞"的深度——守护孤独！

换言之，这样的孤独是 soft（软的）、可以把玩的孤独。但村上笔下的孤独也不尽是这样的孤独，也有 hard（硬的）、不可以把握的孤独。那是无可救药甚至痛不欲生的、如冰山如牢狱般近乎恐怖的孤独。以1994—1995年问世的《奇鸟行状录》为界，如果说此前的孤独大体是可以把握的孤独，那么此后的孤独则多是难以把握的孤独。作为长篇，如《海边的卡夫卡》中的"叫乌鸦的少年"和中田老人；作为短篇集，这部《列克星敦的幽灵》就是较为明显的例证。下面就让我们粗略看一下。

用作书名的《列克星敦的幽灵》是这部短篇集的第一篇，是村上少数以外国为舞台的小说之一。列克星敦是一座近三万人口的小镇，位于波士顿西北不远，距村上 1993 年 7 月至 1995 年 7 月旅居的剑桥城（坎布里奇）仅几英里。顺便说一句，列克星敦是 1775 年 4 月 19 日美国独立战争打响第一枪的地方，史称"列克星敦枪声"。同是列克星敦，出现在村上笔下却成了"列克星敦的幽灵"。小说开篇交代说除了名字"全部实有其事"。村上在马萨诸塞州的剑桥城住了大约两年倒是实有其事，他也确实去过几座据说有幽灵出没的老房子，但作为故事则纯属虚构。"我"是日本小说家，认识了家住列克星敦一位五十刚过的建筑师凯锡。一次"我"替外出的凯锡看家，深更半夜忽闻楼下有音乐声说笑声跳舞声——"那是幽灵！"凯锡回来后，"我"没有把幽灵的事告诉他。半年后再次见到凯锡时，凯锡老得令人吃惊。一起喝咖啡当中，凯锡回忆说他母亲死后，父亲连续睡了三个星期。"我从未见过有人睡得那么深那么久,看上去就像是另一世界之人。记得我害怕得不行,那么大的屋子里就我孤零零一个人,觉得自己成了整个世界的弃儿。"而十五年后他父亲死时,自己同样睡得昏天黑地。凯锡最后断定:"即便现在我在这里死了,全世界也绝对没有哪个人肯为我睡到那个程度。"

评论家川本三郎认为这部短篇集是"热爱孤独"的男人们的故事:"《列克星敦的幽灵》中的建筑师也好,《冰男》中冰一般冷的男子也好,《绿兽》中从地下深处冒出的怪物也好,《沉默》中持续练习拳击的'我'也好……全都像以往村上春树的主人公那样热爱孤独。就打发余生而言,一个人是比两个人好。"(川本三郎《村上春树论集成》,若草书房2006年5月版)不过,我认为小说中的那些主人公很难说有多么热爱孤独。较之"热爱"和把玩,更多的是无奈和拒斥。凯锡是何等孤独啊,作为一个美国人,自己外出几天找人看家,却只能找一位相识没有多久的并非同胞的日本人:"抱歉,想得起来的只有你。"他父亲在为母亲去世而昏睡期间觉得自己成了"整个世界的弃儿",并断定自己死时连为自己昏睡的人也没有,"全世界也绝对没有"。原本有一位叫杰里米的钢琴调音师和

| 孤独并不总是可以把玩 |

他作伴，而在杰里米离开后只剩他孤身一人，仅仅半年就"老得判若两人，看上去要老十岁。白发增多的头发长得压住耳朵，下眼窝如小口袋黑黑地下垂，手背皱纹竟也好像多了"——应该可以断言这并非"热爱孤独"的结果。村上已不再像往日那样对孤独加以反复抚摸和把玩了。孤独如冬日的寒风吹进主人公的人生旅程，甚至对生命本身构成了伤害和威胁。

关于《沉默》，作者本人做过这样的说明：

> 作为我写的东西，《沉默》属相当特殊的类型，直截了当，简洁至极。描写一个男孩如何孤立无援地默默忍耐别人无端的欺负。这篇作品是1991年为第一期《村上春树全作品》写的，时间同是回国期间。至于为什么写这样的故事自有其相应的缘由，但我不太愿意讲，所以不讲。我只能说，我也有那样的经历，对那种精神状态有共鸣之处。
>
> （《村上春树全作品1990—2000》第3卷解题，讲谈社2003年3月版）

故事主人公大泽上高中时因一次英语得了全班最高分而招致平

时学习成绩最好的青木的嫉妒。青木散布谣言说大泽考试作弊,一气之下,大泽往青木嘴巴打了一拳。青木怀恨在心,巧妙地让大家怀疑一个同学的自杀同大泽有关。于是大泽在学校被彻底孤立起来,陷入孤独的痛苦之中。十几年后大泽回忆说:"孤独其实也分很多种类,有足以斩断神经的痛不欲生的孤独,也有相反的孤独。为了得到它必须削去自己的骨肉。"毫无疑问,这里的孤独即是"足以斩断神经的痛不欲生的孤独",是爱不起来也把玩不了的孤独,而不是主人公想要得到的另一种"相反的孤独"。难得的是作者让主人公战胜了这种孤独。战胜的方式十分独特。一次在满员的电气列车上大泽同青木不期而遇,两人死死瞪视对方。这时间里,大泽忽然产生了近乎悲哀和怜悯的感情:"难道人会因为这么一点事就深深得意就炫耀胜利不成?难道这小子因为这么一点事就真的心满意足、欢天喜地不成——想到这里,我不由感到一种深切的悲哀。我想,那小子恐怕永远体会不到真正的喜悦和真正的荣耀,恐怕至死他都感受不到从内心深处涌起的静静的震颤。某种人是无可救药地缺少底蕴的,倒不是说我自己有底蕴。我想说的是具不具有理解底蕴这一存在的能力。但他们连这个都不具有,实在是空虚而凡庸的人生,哪怕表面上再引人注目,再炫耀胜利,里边也是空无一物的。"

我以为,村上所说的"共鸣之处",应该包括这一段颇有"底蕴(ふかみ)"意味的文字。由孤独而愤怒,由愤怒而悲哀,由悲哀而不再愤怒和孤独。而促成这一过程实现的即是底蕴。换言之,底蕴(或"深挖洞")是化解孤独的一剂处方。至少,后来的《海边的卡夫卡》中的主人公"叫乌鸦的少年"很大程度上也是靠这样的"底蕴"——他理解弗朗茨·卡夫卡的《在流放地》和夏目漱石的《矿工》甚至索福克勒斯的《俄狄浦斯王》——才最终走出孤独困境,成长为"世界上最顽强的十五岁少年"。不用说,这也是作者本人对人性的深刻洞察和对人生理解的表达。

《冰男》是和《绿兽》作为"一对"(one set)创作的,同时发表在日本纯文学杂志《文学界》1991年4月临时增刊号上面。

两篇都是以女性为主人公的幻想性、象征性故事。一篇相当暴力,一篇始终冷峻。明确说来,哪一篇都几乎无可救药。读之,有一种冷清清的无奈之感。至于何以写这样两篇奇妙的故事，其中并非没有类似具体缘由那样的东西，但现阶段不想细说，所以不说。能说的有一点，那就是二者都是从旅欧生活中产生的题材。另外一点，就是最初有个简单素描那样的印象（image），之后迅速添枝加叶，敷演成章。记得写作没用多少时间。进去，出来。出来时作品已经完成，感觉上。说一挥而就也罢什么也罢，总之速度是关键。一旦捉住印象的尾巴就死死不放，使之一气呵成。

（同上引）

《冰男》曾被译成英文发表在《纽约客》杂志上。"我"和冰男结婚了。冰男头发如残雪，颧骨如石块，手指挂白霜。婚后"我"耐不住生活的单调，提议去南极旅行。到南极后"我"怀孕了，子宫结冰，羊水里混有冰屑。尽管冰男说他依然爱我，但"我"哭了，在遥远而寒冷的南极，在冰的家中。不难找见，"孤独"或类似孤独的语汇在这篇很短的小说中出现了好几处："冰男如黑夜中的冰山一样孤独／我始终形单影只地困守家中／我感到孤独／我已在冰封世界中……被孤单麻木地封闭起来了／我实在孤苦难耐。我所在的场所是世界上最寒冷最孤寂的场所。"这样的孤独，自然不会是"热

| 孤独并不总是可以把玩 |

爱"和把玩的对象,而属于村上所说的"无可救药"的孤独。香港学者岑朗天称之为"绝对孤独"。他说:"小说形象展示了绝对孤独的生存方式,有什么已经离当事人远去了,当事人再不是以前的当事人,而不能和人有效沟通了(甚至和最亲密的人)。有什么发生变化,发生了关键的事件(《冰男》的情况是去南极),情况变得无可挽回。为什么大家非要变得这样孤独不可呢?不知道,只是忽然发生了一些事,令当事人感到有关的寂寞,从而体会相互的孤独。但再发展下去,则寂寞也不再有,只会继续置身连眼泪也结了冰的绝对冰冷空间。"(岑朗天《村上春树与后虚无年代》,新星出版社 2006 年 4 月版)这里,绝对孤独即绝对冷冰空间,并且是举目四望横无际涯的南极,无树,无花,无河,无湖,连企鹅都无从觅得,一切皆无。聪明如村上,这回也无法指出走出绝对孤独的冰冷空间之路。即使想"挖洞"也挖不成的,冰天雪地,坚如磐石。

《托尼瀑谷》的创作灵感来自村上在夏威夷考爱岛花一美元买的带有"TONY TAKITANI"(TAKITANI 为"瀑谷"的日语发音)字样的二手黄色 T 恤。村上看着 T 恤浮想联翩:托尼瀑谷究竟是何人物呢?为何特意订做这样一件 T 恤呢?"如此想来想去,便想就托尼瀑谷其人写一篇故事。写在这里的当然全是凭空捏造的，没有相应的原型。"于是产生了《托尼瀑谷》。这是村上在 1990 年创作的唯一小说。哈佛大学教授杰伊·鲁宾（Jay Rubin）认为这个短篇"感伤而又优美"，是作者"真正伟大的短篇之一"。

这篇瀑谷父子的故事出现了中国。老瀑谷（瀑谷省三郎）战前在上海当爵士乐长号手，"凭着无比甜美的长号音色和生机勃勃的硕大阳具，甚至跃升为当时上海的名人"。战败时被中国军警抓进监狱，侥幸未被处死，成为从那所监狱中活着返回日本的两个日本人中的一个。回国结婚生了一个儿子，即小瀑谷——托尼瀑谷。在孤独中长大的小瀑谷后来成了炙手可热的插图画家，三十五岁时爱上了出版社一个二十二岁的女孩。成为他妻子的这个女孩只有一点让小瀑谷难以释怀，那就是喜欢时装到了走火入魔的地步。买回的衣服几个大立柜都装不下，不得不把一个大房间改成衣帽间，后来在丈夫建议下不再买了。一天开车上街把新买的衣服退回商店，回家途中死于交通事故。葬礼过后，小瀑谷聘请了一位和妻子身材同样的女子做秘书，要求对方工作时穿妻子留下的衣服。但翌日他突然改变主意，叫来旧衣商把所有衣服变卖一空，又把老瀑谷留下的一大堆旧唱片变卖一空——"托尼瀑谷这回真正成了孤身一人"。

杰伊·鲁宾指出：

> 村上春树在短短几页篇幅里就将日本亡命之徒在中国大陆过的颓废生活以及战争的混乱与后果活现出来，干得真是漂亮。所有这些从严格意义上讲跟小说要讲的瀑谷省三郎儿子的故事并没有必然的联系，但村上对瀑谷省三郎周围世界所做的生动描绘绝对引人入胜，他对爵士乐的了如指掌与对二战历史书籍的大量阅读实在都功不可没。（中略）任何描述都无法像村上在二十页篇幅内通过精心选择的细节那般真切地表现出历史大潮的席卷之势，从日本帝国的侵略扩张到东京富人居住的郊区和精品服饰专卖店（正是村上自家居住的青山地区）那种静静的奢华。也许只有《奇鸟行状录》中对近代日本历史的杰出展示堪与之比肩，不过那可是有厚厚的三大卷呐。《托尼瀑谷》可以看作为创作一部长篇而做的尝试，从对历史细节的关注到第三人称叙事的采用都有这种意味。
>
> （杰伊·鲁宾《倾听村上春树——村上春树的艺术世界》，冯涛

译,上海译文出版社 2006 年 6 月版,原书名为 "Haraki Murakami and Music of Words")

东京大学教授藤井省三同样意识到了这篇小说涉及的历史,认为瀑谷省三郎尽管名字让人很容易联想到曾子"吾日三省吾身"之语,但他全然不具有对于历史的认识和省察。同时,藤井省三也注意到了孤独并将孤独同历史联系起来:

对于战时战后的历史不怀有认识和省察愿望的父亲,在学潮期间"不思不想不声响地只管描绘精确的机械画"的儿子——这对父子尽管经济上富有,却已然失去了"心"。一如父亲作为战犯在上海的监狱中幸免一死之前体验了孤独,儿子也在失去妻子又失去父亲的无异于监狱的空空荡荡衣帽间中"真正成了孤身一人"。父亲犯下忘却战争体验之罪,儿子又因犯下对社会漠不关心之罪而受到孤独这一惩罚——《托尼瀑谷》大概就是关于父子两代因果报应的故事。

(藤井省三《村上春树心目中的中国》〔村上春樹のなかの中

国〕，朝日新闻社 2007 年 7 月版）

　　岑朗天从中读出的则只有孤独："我读过很多关于孤独的故事，但感受最深的，却还是这一遭。也许因为它真的彻头彻尾地描写孤独，单纯地也专心一意地表达那种孤清的状态。它没有具体地书写难耐，但很仔细地交代了体证的过程：首先是适应孤独，然后是走到其反面，享受沟通的幸福，然后又一下子失去一切，来到什么也再无所谓的境况。叙事者好像也是什么都无所谓地讲着故事，他用孤独的笔调写孤独。"岑朗天再次用"绝对孤独"来概括托尼瀑谷的孤独，认为"绝对孤独是寂寞到没有寂寞感的孤独，是单纯地不和其他人发生关系的孤独"（同上引）。

　　依我浅见，杰伊·鲁宾对于这篇小说中的"历史大潮"之表现的评价未免有些过誉，那不可能同《奇鸟行状录》相比（也许杰伊·鲁宾看的是另一版本）。而藤井省三的"因果报应"之说也似有牵强附会之嫌。总的说来，我比较倾向于岑朗天的看法，认为这是个关于孤独的故事。托尼瀑谷在向女孩求婚后等待答复的时间里是多么孤独啊："孤独陡然变成重负把他压倒，让他苦闷。他想，孤独如同牢狱,只不过以前没有察觉罢了。他以绝望的目光持续望着围拢自己的坚实而冰冷的围墙。假如她说不想结婚,他很可能就这样死掉。"结婚使得托尼瀑谷的人生孤独期画上了句号,但他仍心有余悸。早上睁开眼睛就找她,找不到就坐立不安,"他因不再孤独而陷入一旦重新孤独将如何是好的惶恐之中"。妻子离世后,"孤独如温吞吞的墨汁再次将他浸入其中"。在这里,人成了孤独的囚徒,只能坐以待毙。对这样的孤独,村上同样未能开出如何玩之于股掌之上或从中解脱的处方,而将主人公扔在孤独的牢狱、孤独的"墨汁"中一走了之。如果把村上前期作品中可以把玩的软的孤独称之为相对孤独,那么后期作品——例如以上四个短篇——中不可以把玩的、硬的孤独即是岑朗天所说的"绝对孤独"。村上笔下的孤独大体可以分为这样两种。

应该指出,村上作品中的孤独,并非出自小市民式廉价的感伤主义,不仅仅是对所谓"小资"情怀的反复体味和咀嚼,也不完全源于对生命存在的本质和个体意识深处的某种黑暗部位的洞察,而是来自对社会体制尤其现代都市社会运作模式及人类走向的批判性审视和深层次质疑——他"挖洞"挖得"很深很深",因而有了非

| 孤独并不总是可以把玩 |

同一般的"底蕴",有了超越国家地域和民族的"人类性"。唯其如此,也才使得包括中国读者在内的无数读者产生了共鸣或"连带感"。

这部短篇集此外还有三篇。较之上述四篇主要诉说孤独,这三篇触及的多是恐怖与暴力。《绿兽》前面已经略略提及,是个"相当暴力"的短篇。作为家庭主妇的"我"忽然发现院子土中冒出一头绿兽向她求婚,而她用心中的意念将绿兽折磨得痛苦不堪,满地打滚,场景惨不忍睹。《第七位男士》中"我"因在海浪袭来时没有把朋友 K 救出而长期自责,一闭眼睛,就看见"K 那张横在浪尖朝我冷笑的脸",每晚都做噩梦,惊恐得透不过气。村上说他觉得这个短篇写的是"人的意识中存在的黑暗的深度"。这不由得让人联想到夏目漱石《心》中的 K,主人公同样因为 K 而终生遭受自责的痛楚,最后也自杀而死。《盲柳,及睡女》2006 年获法兰克·奥康纳国际短篇小说奖。其中苍蝇噬咬少女五脏六腑的描绘同样令人不寒而栗。这三个短篇可以让我们进一步看到村上作为作家的另一面:他不仅关注城市中孤独的灵魂所能取得的自由的可能性,而且关注黑暗、恐怖与暴力及其产生的根源，这最终使得他走出个人心灵后花园，对社会与历史负起责任。

林少华

2009年2月9日（己丑元宵）于窥海斋

时青岛春雨初至万象更新

列克星敦的幽灵

　　已是几年前的事了。只是名字因故做了改动，此外全部实有其事。

　　我曾在马萨诸塞州的剑桥城住过大约两年，那期间结识了一位建筑师。他五十刚过，个头不高，花白头发，但很有风度。喜欢游泳，天天去游泳池，身体甚是结实，有时也打打网球。名字姑且叫作凯锡。他是独身，同一个非常寡言少语且脸色欠佳的钢琴调音师一起住在列克星敦一座旧宅里。调音师名字叫杰里米——三十五六岁，身材细长，柳树一般细长，头发已开始略略见稀。此人不光调音，钢琴也弹得相当了得。

　　我有几个短篇被译成英语，刊登在美国一家杂志上。凯锡读后，通过编辑部写信到我这里。信上说对我的作品及我本人特有兴趣，如果方便，想见面一谈。一般我是不这样和人见面的（经验上不曾有过愉快的感受），但对凯锡，觉得不妨一见。他的信写得书卷气十足，且充满幽默感。加之我身居国外别无顾虑，住处也碰巧离得近。但这些情况终究不过是外围性理由。说到底，我对凯锡其人怀有个人兴趣的根本原因，在于他拥有极其可观的旧爵士乐唱片。

他信中写道："作为个人收藏，恐怕找遍整个美国也没有如此充实的藏品。听说您喜欢爵士乐，那么很可能使您产生兴趣。"不错，我的确产生了兴趣，看完信恨不得马上一睹为快。大凡一有旧爵士乐唱片介入，我就像被特殊的树味儿迷住的马一样，精神上彻底束手就擒。

凯锡家在列克星敦，从我住的剑桥城去大约三十分钟车程。打去电话，他用传真发来一份详细的路线图。四月的一个午后，我钻进绿色"大众"，一个人往他家开去，很快就找到了。那是一座蛮大的三层旧楼，建成后估计至少有一百年过去了。即使位于波士顿郊外高级住宅区——那里尽是顾盼自雄的豪宅——并且位于颇有来头的地段，它也十分引人注目，印在明信片上都未必逊色。

　　院子简直是一大片树林，四只青色的松鸦一边花哨地尖叫着，一边在树枝间飞来飞去。车道上停着一辆"宝马"商务车。我刚把车在"宝马"后面停定，躺在门前擦脚毯上一条大大的獒犬便慢吞吞地爬起，半是义务性地叫了两三声，意思像是说不是自己想叫，而是大体有这么一种规定。

　　凯锡出来同我握手，握得很有力，像要核实什么似的。另一只手"橐橐"地轻拍我的肩膀，这是凯锡的习惯性动作。"噢，来得好来得好，能见到您真让人高兴！"他说。凯锡穿一件时髦的意大利式白衬衣，扣子一直扣到最上边，外面套一件开司米开衫，下身是一条质地柔软的棉布裤，架一副乔治·阿玛尼式样的小眼镜，样子潇洒得很。

　　凯锡把我引到里边，让我坐在客厅沙发上，端出刚做好的香喷喷的咖啡。

　　凯锡这个人没有强加于人的味道，有教养，有文化。年轻时周游了全世界，很善于谈话。于是我和他要好起来，每个月去他家一次，也得以分享那些绝妙的唱片藏品的恩惠。在那里，我可以听到别处基本不可能听到的珍贵乐章。较之唱片收藏，音响装置固然不甚起眼，但那大大的老式真空管放大器里流出的旋律却给人以温馨怀旧之感。

凯锡把工作室设在自家书房，在那里用大型电脑搞建筑设计。但他对我几乎绝口不提自己工作上的事。"又不是做什么特别风光的大事。"他像是辩解似的笑道。我不晓得他从事何种建筑物的设计，也从未见到他显得忙忙碌碌的样子。我所知道的凯锡是常常坐在客厅沙发上手势优雅地斜举着葡萄酒杯看书、听杰里米的钢琴，或者坐在园椅上逗狗。看上去他对工作不甚投入——当然这完全是我的感觉。

他已去世的父亲是全国有名的精神科医生，写了五六本书，如今都差不多成了经典。同时他又是个热情的爵士乐迷，同 Prestige 唱片创始人、监制人鲍勃·韦恩斯托克亦有私交。也是由于这种关系，四十年代至六十年代唱片的收集，一如凯锡信中所说，实在齐全得令人咂舌，不仅数量非同一般，质量也无可挑剔。几乎所有唱片都是原始版，保存情况也好。唱片无一伤痕，套封完好无损，简直近乎奇迹。大概对每一张唱片都像给婴儿洗澡那样呵护备至。

凯锡无兄无弟，小时死了母亲，父亲没有再婚。所以十五年前父亲因胰腺癌去世的时候，连同房产等各种财产一起，这许多唱片藏品也一股脑儿由他一个人继承下来了。凯锡比谁都尊敬、热爱父亲，藏品一张也未处理，小心翼翼保管如初。凯锡同样喜欢听爵士乐，但不似父亲那般痴迷，总的说来更属于古典音乐爱好者，若有小泽指挥的波士顿交响乐团演奏会，必同杰里米出席无疑。

相识后大约过了半年，他求我替他看家。凯锡很少见地因工作关系要去一次伦敦。以往外出，都由杰里米看家，但这次不成：杰里米住在西弗吉尼亚州的母亲身体情况不妙，他早几天就回那边去了。这么着，凯锡给我打来了电话。

"抱歉，想得起来的只有你。"凯锡说，"不过，这看家嘛，其实只要一天给迈尔斯（狗的名字）喂两次食就行了，此外别无事干，只管听唱片就是。吃的喝的都绰绰有余，随你怎么享用。"

提议不赖。当时我因故一个人生活，加之剑桥城租住的公寓旁边一户人家正在搞改建，每天吵得不行。我拿起替换衣服、苹果

PowerBook 和几本书,在星期五偏午时分赶到凯锡家。凯锡已打点好行装,正要叫出租车。

"好好受用伦敦。"我说。

"啊,当然。"凯锡眉开眼笑,"你也好好受用我这房子和唱片。房子不坏的哟!"

凯锡走后,我进厨房煮咖啡喝。喝罢,调好客厅隔壁音乐室桌上的电脑,在那里听着凯锡父亲留下的几张唱片,工作了一个小时——主要是想试试往下一个星期工作能否顺手。

老式桌子是硬红木做的,两头沉,带抽屉,敦敦实实,相当有年代。不过,这房间里的物件,几乎触目皆是旧物,仿佛自无从记起的遥远的往昔起就一直占据着与现在完全相同的位置。至于全然不旧的东西,唯独我带来的这个苹果 PowerBook。看来,凯锡在他父亲死后简直像对待神殿或圣物安置所一样不曾对音乐室做过任何变动。原本就是时间容易滞留不动的旧房,而这间音乐室更像是很久以前时钟便戛然而止。但拾掇得很好,板架一尘不染,桌子擦得干干净净。

迈尔斯走来,"咕噜"一声躺在我脚下。我摸几下它的脑袋。这只狗就是耐不住寂寞,没办法长时间独处。由于主人的管教,只有睡觉时才躺在厨房旁边它专用的毯子上,此外时间必定趴在人的旁边,将身体的某一部位不让人察觉地轻轻挨靠上去。

客厅同音乐室之间,用没有门扇的高门框隔开。客厅有个砖砌的大壁炉,有个坐感舒适的三人沙发,有四把式样各不相同的扶手椅,还有三张茶几,式样也是一张一样。地上铺一整张褪色褪得恰到好处的波斯地毯,高高的天花板垂下一盏似乎身价不凡的古色古香的枝形吊灯。我进去在沙发上坐下,晃动脖子环视四周。只听得壁炉上的座钟"嗑嗑嗑"发出爪尖敲窗似的声音。

靠窗的高书架上排列着美术书和各种专业书籍。另外三面墙,挂着几幅大小相同的油画,画的是某海岸的风景,印象大同小异。哪幅画都空无人影,惟有凄清萧瑟的海滩,仿佛凑近耳朵便可听得那冷冷的风声和滚滚的涛音。华丽醒目的东西一概没有。这里所有的一切都散发出新英格兰式适可而止然而又不无索然的老钱(old money)气息。

音乐室宽大的墙壁统统是唱片架,按演奏者姓名的字母顺序密密麻麻排列着旧密纹唱片。其准确张数凯锡也不晓得,大致有六七千张吧,他说。不过还有数量与此相差无几的唱片满满地塞在硬纸箱里,堆在阁楼上。"这房子说不定很快就要给这些旧唱片压得'扑哧'一声陷到地里去,像厄舍古屋那样。"

我把李康尼兹(Lee Konitz)的十英寸旧唱片放在唱盘上,伏在桌上写作。时间在我四周令人惬意地稳稳流逝,心情上我好像把自己整个嵌进大小正相吻合的替身偶人之中,可以从中品味到一种类似长时间慢慢培养起来的亲密感那样的感觉。音乐声沁入房间每一个角落、墙壁每一处小小的凹坑以及窗帘的每一道褶,令人心旷神怡。

这天晚上,我打开凯锡备下的蒙特布查诺(Montepulciano)红葡萄酒,倒进水晶玻璃葡萄酒杯,喝了几杯,坐在客厅沙发上看刚买来的新版小说。不愧是凯锡所推荐的,酒的确可口。我从电冰箱里拿出比然奶酪(Brie Cheese),就着咸饼干吃了四分之一。这段时间里,周围寂无声息。除去座钟的"嗑嗑"声,只有房前偶尔驶过的汽车声。不过因房前的道路哪里也通不出去,来往车辆仅限于这一带居民,夜深之后,所有声响都止息了。从附近学生很多的热闹的剑桥城公寓搬来这里,竟有点像置身海底一般。

| 列克星敦的幽灵 |

　　时针转过十一点，我一如往常，困意渐渐上来，遂放下书，杯子放进厨房洗碗槽，对迈尔斯道了句晚安。狗很不情愿似的在旧毯子上蜷起身，低低叫了一声，然后眨巴一下眼睛。我熄掉灯，走进二楼客用卧室，换睡衣上床，几乎马上就睡了过去。

　　醒来时，处于一片空白中。弄不清自己在什么地方，好半天像一棵蔫菜——一棵长时间被遗忘在黑乎乎的餐橱里头的青菜——一样麻木不仁。后来总算想起原来自己在给凯锡看家。是的，是在列克星敦。我摸索着找到手表，按下按钮，借一道蓝光觑了眼时间：一时十五分。

　　我在床上轻轻地欠起身，打开小小的读书灯——好一会儿才想起开关位置——昏黄的光晕于是扩散开来。我用两只掌心使劲搓脸，狠狠吸了口气，环视变亮的房间：打量墙壁、察看地毯、仰视天花板。继而像收集散落在地板上的豆粒似的，一个个拾回自己的意识，让身体适应现实。之后才好歹觉出它来，声音！一种仿佛海岸涛声的喧嚣——是它把我从沉睡中拖出。

　　有谁在下面。

　　我蹑手蹑脚走到门口，屏住呼吸。耳畔传来自己干巴巴的心跳声。毫无疑问，这房子里除我之外还有人，而且不止一两人。此外还有音乐样的声音隐隐传来。莫名其妙！腋下几道冷汗渗出。在我睡觉时间里，这房子里到底发生了什么呢？

最先浮上脑海的疑念，是怀疑这恐怕是一场手法巧妙的真实玩笑：凯锡佯装去伦敦，其实却留在这附近悄悄准备深夜舞会来吓我一跳。然而无论怎么想，凯锡都不会是导演如此无聊玩笑的那类人。他的幽默感远为细腻而温厚。

或者是——我靠着门思忖——我所不认识的凯锡的朋友在那里亦未可知。他们知道凯锡外出（不知道有我看家），以为时机已到，遂擅自闯进屋来。但不管怎样，至少不是小偷。小偷必当偷偷潜入，不至于故意用那么大声听音乐。

反正，我先脱去睡衣，拾起裤子，穿上网球鞋，把毛衣套在T恤外面。但为防万一，手里还是拿点什么为好。环视房间，合适的东西却一样也没有。没有棒球棒，没有搅火棍，有的只是衣柜、床、小书架和镶进框里的风景画。

走到走廊，声音愈发听得真切了。欢乐的旧日音乐从楼梯下面如水蒸气般浮上走廊。倒是一支耳熟的名曲，但曲名记不起来。

说话声也传来了。很多人的语声混在一起,听不清说的什么。笑声也不时传来耳畔。优雅而轻盈的笑声。看来,楼下像是在开晚会,且正入佳境。香槟或葡萄酒杯相碰的"锵锵"声,竟如助兴一般款款回荡开来。大概有人在跳舞,皮鞋在地板上拖动,那有节奏的"嚓嚓"声也频频入耳。

我尽可能脚不出声地穿过黑暗的走廊,来到楼梯平台,把身体探出栏杆向下观望。从玄关狭长的窗口透出的灯光给不无庄严感的门厅洒下冷冷的清辉。没有人影。门厅通往客厅的两扇门关得严严实实。睡觉前那门原本是开着的,肯定开着。这就是说,有人在我上二楼睡着后把它关上了。

究竟怎么办好呢?我有点困惑。就这样不声不响藏回二楼房间也是可以的,从里面锁好门,钻进被窝……冷静地想,这是最为稳妥的办法。但站在楼梯静听楼下门内传来惬意的音乐惬意的笑声时,最初受到的震动犹如归于平静的池水波纹一般慢慢平复下来。从气氛看来,他们并非行为不轨之人。

我用力做了一次深呼吸,沿楼梯下往门厅。网球鞋的胶底一阶一阶静悄悄地踩着旧木板。到了门厅,直接往左拐进厨房,打开灯,拉开抽屉,把沉甸甸的切肉刀拿在手中。凯锡喜欢做菜,有一套德国进口的高级刀具,保养得也好,磨得锃亮的不锈钢刀刃在手中闪着那般冷艳而现实的光。

但想象自己手握如此硕大的切肉刀走进轻歌曼舞的晚会厅,突然觉得有些滑稽。我喝了满满一杯自来水,把刀放回抽屉。

狗怎么样了呢?

我这才发觉迈尔斯不见了。狗不在它平日睡觉的毯子上。那家伙到底跑到哪里去了?如果有人深更半夜潜入家中,它至少该叫几声有所表示才是!我蹲下身,伸手去摸那块沾满狗毛的毯子的凹窝:没有余温。看来狗早就爬起,不知去了哪里。

我走出厨房,来到门厅,在一条长椅上坐下。音乐声接踵而来,人的语声持续不止,犹如波涛时而突兀而起,时而稍稍收敛,却不曾中断。听动静起码有十五人左右,超过二十人也有可能。果真如此,那间蛮大的客厅无疑也相当拥挤。

要不要开门进去呢?我想了一会。这是个艰难而奇妙的选择。我在此留守,固然肩负一定的管理责任,问题是并未接到晚会邀请。

| 列克星敦的幽灵 |

我竖起耳朵,竭力捕捉门缝间泄出的片言只语,但无济于事。谈话声浑然一体,一个词也分辨不出。是语言,是谈话,这个自然明了,然而那又像一堵厚厚的石灰墙横在我的眼前,似乎没有给人闯入的余地。

我把手插进裤袋,掏出里边四枚硬币中的一枚,有意无意在手心团团转了几圈。银色的硬币使我联想到硬邦邦的现实感。

有什么像软乎乎的木槌似的击了一下我的头。

——那是幽灵!

聚集在客厅里听着音乐说说笑笑的并非现实中的人。

我的两条胳膊起了层鸡皮疙瘩,脑袋里有一种天摇地动般的震感。气压就像周围相位发生偏移一样起了变化,使得我耳朵里"嗡"的一声低鸣。想咽唾液,但喉咙干得沙沙响,未能顺利咽下。我将硬币放回裤袋,环视四周。心脏又开始发出又大又硬的声响。

细想之下,在这种不前不后的时间里,哪里会有人开什么晚会呢!何况若有这么多人把车停在房子附近又一窝蜂地从玄关进来,那时我无论如何也该醒来才是,狗也该叫才是。这就是说,**他们并**

013

非从哪里进来的。而这点刚才竟没想到，真有点不可思议。

很希望迈尔斯在我身旁，很想搂住那条大狗的脖子，嗅它的气味儿，用皮肤感觉它的体温。但狗影踪全无。我着魔似的独自坐在门厅长椅上一动不动。当然害怕，却又觉得其中似乎有一种超越害怕的**什么**，它深不可测而又广漠无涯。

我深深吸了几口气，静静地吐出，置换肺里的空气。正常的感觉一点点返回身体，就好像几张牌在意识的深底被悄然翻过。

随后，我站起身，同下楼时一样放轻脚步爬上楼梯，回房间直接钻进被窝。音乐声谈话声仍绵绵不断，没办法入睡，只好与之相伴，直达黎明时分。我开着灯，背靠床头，眼望天花板，倾听无休无止的晚会声。但后来还是睡了过去。

睁眼醒来，外面在下雨。静悄悄的细雨。以淋湿地面为唯一目的的春雨。青色的松鸦在檐下鸣叫。时针即将指向九点，我仍一身睡衣下楼。门厅通往客厅的门开着，一如昨晚睡觉前从那里走出之时。客厅并不凌乱，我看的书在沙发上扣着，椒盐饼干的细渣依然散落在茶几上。全然不见有开过晚会的痕迹——虽说我对此有所

| 列克星敦的幽灵 |

预料。

迈尔斯在厨房地板上大睡特睡。我叫起狗，喂了狗食。狗晃着耳朵大口大口一顿猛吃，简直像什么事都没发生过。

在凯锡家客厅举行的那场莫名其妙的深夜晚会，仅限于第一天夜晚。那以后再没有什么怪事发生。周而复始的都是列克星敦毫无特征可言的寂静安谧的夜。只是不知为什么，那期间我几乎天天半夜醒来，并且总是醒在一点至两点之间。或许是因为一个人睡在别人家心情亢奋的缘故，也可能是暗暗期待再次遇到那场离奇的晚会。

夜半醒来，我便屏息敛气，在黑暗中侧耳倾听，然而听不到任何类似声响的声响，唯独偶尔掠过的风吹得庭树飒然作响。这种时候，我就下楼进厨房喝水。迈尔斯总是在地板蜷作一团睡觉，但一见我出现，便高兴地爬起身摇尾巴，脑袋使劲往我腿上蹭。

我领狗走进客厅，打亮灯，仔细地四下张望，什么动静都感觉不出。沙发和茶几位置一如往常地静静摆在那里。墙上依旧挂着绘有新英格兰海岸风景的了无情趣的油画。我在沙发上坐下，无所事事地消磨了十至十五分钟。之后合起双眼，集中精神，思忖在此房间能否找出大约算是线索的什么来。然而一无所感。我周围有的只是郊外万籁俱寂的深沉的夜。打开面对花坛的窗扇，春花飘来蕴藉的芳香，夜风拂得窗帘颤颤地摇曳，树林深处有猫头鹰在叫。

我决定一星期后凯锡从伦敦回来时暂且只字不提，不说那天夜里的事。原因说不清楚，反正无端地觉得这件事还是先不告诉凯锡为妙。

"如何，看家期间没什么异常？"凯锡在门口先这样问我。

"啊，算不上有什么。非常幽静，写作很有进展。"这倒是百分之百的事实。

"太好了！这就好。"凯锡喜气洋洋地说，然后从皮包取出一瓶昂贵的麦芽威士忌当作礼物给我。我们就此握手告别。我驾驶"大众"返回剑桥城的公寓。

那以后差不多有半年没同凯锡见面。他来过几次电话，说杰里米的母亲去世了，那位沉默寡言的钢琴调音师去了西弗吉尼亚州再未回来。但我那时正忙于给一部长篇小说杀青，若没特殊情况不外出见人，抽不出时间，一天伏案十二个小时以上，活动范围几乎没超出住处方圆一公里。

最后一次见到凯锡，是在查尔斯河船屋附近的露天咖啡馆里。散步途中不期而遇，一起喝了咖啡。不知何故，凯锡较上次见时老了，老得令人吃惊，老得判若两人，看上去要老十岁。白发增多的头发长得压住耳朵，下眼窝如小口袋黑黑地下垂，手背皱纹竟也好像多了。就十分注意修边幅的风度翩翩的凯锡来说，这是很难设想的。也可能病了。但凯锡什么也没说，我什么也没问。

杰里米恐怕再也不回列克星敦了。凯锡轻轻地左右摇着头，用低沉的声音对我说。有时候电话打到西弗吉尼亚和他交谈，但由于母亲去世的打击，总觉得他整个人一下子变了，他说。和过去的杰里米不同，基本上除星座外不说别的，自始至终拉拉杂杂全是星座，什么今天星座的位置如何啦，所以可以做什么不可以做什么啦，清一色这些。在这里的时候本来一次都没讲起什么星座的。

"怪可怜的。"我说。究竟对谁说的，自己也不清楚。

"**我母亲**死的时候，我才十岁。"凯锡望着咖啡杯沉静地谈起自己，"我没有兄弟姐妹，只剩父亲和我相依为命。母亲是一年秋天在快艇事故中死的。对母亲的死那时候根本没有精神准备。她年纪轻，身体好，比父亲还小十岁。所以父亲也好我也好，压根儿就没想她会什么时候死去。不料一天她突然从这个世界消失了，**倏地**，像一缕青烟或什么似的。母亲聪明漂亮，谁都喜爱。她喜欢散步，走路姿势非常动人，腰挺挺的，下颚略微往前探，双手背在后面，走起来十分自得。常常边走边唱，我喜欢同母亲一起散步。我总是想起母亲在夏日灿烂的晨光中在纽波特海滨路上散步的形象。凉风习习撩拨着她长夏裙的下摆，是一条带碎花的棉布裙。那光景就像一幅照片深深嵌进我的脑海。

"父亲疼爱她，非常珍惜她。我想他爱我母亲之深远远超过爱我这个儿子。父亲就是那样的人，对亲手得到的东西视为珍宝。对他来说，我是他从结果上说自然而然**得到手**的东西，他当然爱我的，毕竟就我这么一个儿子。但没有像爱我母亲那么爱，这我一清二楚。父亲不会再像爱我母亲那样爱任何一个人。母亲死后，他没有再婚。

"母亲葬礼结束后，父亲连续睡了三个星期。不是我言过其实，的的确确**一直**睡个不醒。偶尔突然想起似的摇摇晃晃从床上下来,一声不吭地喝口水,象征性把一点东西放进嘴里,活像梦游者或者幽灵。但那只花一点点时间,之后又是蒙头大睡。百叶窗全部紧紧关闭,里面一片漆黑,空气沉淀不动,而父亲就在这样的房间里像咒语缠身的睡公主一般睡得天昏地暗。一动都不动,别说翻身,表情都一成不变。我不安起来,三番五次去父亲身旁细看,怕他弄不好睡死过去。我站在枕旁,目不转睛地看父亲的脸。

"但他没有死,他只是像埋在地下的石块一样酣睡罢了。想必梦都没做一个,黑黑的静静的房间里,仅微微听见他均匀的呼吸。我从未见过有人睡得那么深那么久,看上去就像是另一世界之人。记得我害怕得不行,那么大的屋子里就我孤零零一个人,觉得自己成了整个世界的弃儿。

"十五年前父亲去世的时候,悲痛当然悲痛,但坦率地说,没怎么感到意外。因为父亲死时的样子同酣睡中的样子一模一样,简直是当时情景的翻版。那是一种 déjà vu[1],一种体芯错位般强烈的 déjà vu。时隔三十年又回到了过去,只是这次听不到呼吸而已。

"我爱父亲,比世上任何人都爱父亲。尊敬诚然也是有的,但

---

[1] 法语。从未经验过的事情仿佛在某时某地经验过似的一种"似曾相识"的感觉。

更强劲的是精神和感情上的维系。说起来也够离奇,父亲死时,我也一如母亲死时的父亲,上床昏沉沉睡个没完没了,俨然承袭了一种特殊的血统仪式。

"大概一共睡了两个星期,我想。那期间就是睡、睡、睡……睡得时间都烂了、融化了,任凭多久都可以睡下去,任凭多久都睡不尽兴。对我来说,那时候睡的世界才是真正的世界,而现实世界不过是短暂虚幻的世界,是色彩单调浅薄浮泛的世界,甚至不想在这样的世界上活下去。这样,我终于得以理解了父亲在母亲死时大约产生的感觉。我所说的你可明白?就是说,某种事物诉诸以别的形式,并且是不由自主地。"

凯锡随后默默沉思良久。季节是秋末,耳边不时传来米槠树籽儿"砰"一声打在柏油路面的干响。

"有一点可以断定,"凯锡扬起脸,嘴角浮现出往日安详而俏皮的微笑,"即便现在我在这里死了,全世界也绝对没有哪个人肯为我睡到那个程度。"

不时想起列克星敦的幽灵,想起深更半夜在凯锡那座旧宅客厅举行热闹晚会的来历不明的许多幽灵们,想起在百叶窗紧闭的二楼卧室像做死亡演习似的昏然酣睡的孤独的凯锡以及他的父亲,想起与人亲近的迈尔斯和完美得令人不由屏息的唱片收藏,想起杰里米弹奏的舒伯特和门前停的那辆蓝色"宝马"商务车。但所有这些,都仿佛发生在极其遥远的过去极其遥远的地方,尽管相距那么近。

此事过去我还没同任何人讲起。想来事情倒应该是相当奇妙的,然而,也许由于**遥远**之故,我竟丝毫也不觉得奇妙。

绿兽

丈夫一如往常上班去后,剩下来的我就再无事可干了。我独自坐在窗边沙发上,从窗帘缝隙里静静地凝视院子。倒也不是有这样做的缘由,不过是因为无所事事,只好漫无目的地看院子罢了。我想,如此观看之间,说不定会突然想起什么。院子里有许多东西,而我只看一株米楮树。那株树是我小时候栽在那里的,看着它一天天长大,觉得就像是自己的朋友,不知和它说了多少回话。

那时我也在想,自己大概是在心里同树说话来着。说的什么无从记起,在那里坐了多久也稀里糊涂。每次看院子,时间都"吱溜溜"一刻不停地流向前去。但四周已完全黑了,应该在那里坐了好些时候。蓦然回神,听得很远的什么地方传来异常含糊不清的哼哼叽叽般的声音,一开始竟好像是自己体内发出的,一如某种幻听,一如身体纺出的黑幕的前兆。我屏息敛气,侧耳倾听。那声音隐隐约约然而确确实实地朝我靠近过来。到底是什么声音呢?我全然摸不着头脑,唯觉声音里带有几乎能使人生出鸡皮疙瘩的可怖意味。

少顷,米楮树根那里的地面简直像有沉重的水即将涌出地表一般一颤一颤地隆起。我大气也不敢出。地面裂开,隆起的土纷然崩落,从中探出尖爪样的东西。我攥紧双拳,目不转睛地盯视。有什么事即将发生!爪子锐不可当地扒开泥土,地洞眼看着越来越大。继而,一头绿色的兽从洞口抖抖地爬了出来。

兽浑身披满光闪闪的绿鳞,爬出土后身子瑟瑟一抖,鳞片上的土纷纷落下。它鼻子长得出奇,越往端头绿色越深,鼻尖细如长鞭。只有眼睛同普通人的一样,让我心惊胆战,因为那眼睛里竟带有类似完整情感的光闪,无异于我的眼睛你的眼睛。

绿兽缓慢地径自朝门口靠近,用细细的鼻头敲门。"嗵嗵嗵",干涩的声音响彻屋子。为了不让绿兽发觉,我蹑手蹑脚走到里边的房间。连喊叫都不可能——附近一户人家也没有,上班的丈夫不到半夜不会回来。从后门逃跑也不可能,房子只有一扇门,而又被怪模怪样的绿兽敲个不止。我悄然屏住呼吸,静等绿兽灰心丧气转去哪里。然而绿兽并不罢休，它把弄得更细的鼻头探进钥匙孔，"窸窸窣窣"鼓捣起来。片刻，门一下子开了。"咔嚓"一声门锁松开，门裂了一条小缝。鼻头从门缝里慢吞吞地插了进来，好像蛇把脑袋插进来查看动静一样从门缝窥视屋里的情形，窥视了好大一阵子。我心中暗想：若是这样，索性提刀走去门旁把那鼻头整个削掉岂不很妙。厨房里各类快刀一应俱全，但兽仿佛看透了我的心思，皮笑肉不笑地浮起笑容。"跟您说，那可是是是枉费心机。"绿兽说。绿兽说话的方式感觉上有点奇妙，像用错了词似的。"好比蜥蜴的尾巴，无论您怎么削都一个劲儿长出来，而且越削长得越越长。根根本不管用。"说着，兽久久地转动眼珠，骨碌碌地转得活像陀螺。

我心想，这家伙大概能看透人心，果真那样，事情就麻烦了。我无法忍受别人看透自己的所思所想，何况对方又是莫名其妙令人毛骨悚然的绿兽。我湿津津地出了一身冷汗。这家伙究竟要把我怎么样呢？存心把我吃掉不成？或者打算把我拖到地里？不管怎样，我想，这家伙还没丑到无法正视，这也算得一幸。从绿鳞中探出的细细长长的四肢长着长趾甲，从观赏角度说甚至堪称可爱。再一细看，绿兽对我似乎并不怀有恶意或敌意。

"理理所当然的嘛！"这家伙歪起脖子说。一歪脖子，绿色的鳞片便"咔嗤咔嗤"作响，恰如轻轻摇晃放满咖啡杯的餐桌。"我哪里会吃掉您呢，不会的。跟您您说，我半点恶意敌意都没有，怎么会有有有那玩意儿呢！"绿兽说。是的，不错，我所考虑的这家伙到底一清二楚。

"我说太太、太太，我是来这儿求婚的。知道么？是从很深很深的地方特意爬上这里的。千辛万苦啊！土都不知扒了多少，爪子——您瞧——趾甲都磨掉了。我要是是要是有恶意的话，何苦费这么大的麻烦呢！我是因为喜欢您喜欢得不得了才来这里的。我在极深极深的地方想您来着，想得再也忍受不住了，就就就爬了上来。大伙都劝我别来，可我没法忍受。这是需要很大勇气的，生怕您心想我这样的兽类也来求婚真是厚脸皮。"

可事实上不正是这样么，我暗暗想道，竟然向我求婚，脸皮简直厚到家了！

于是，绿兽的脸顿时现出悲戚，鳞片的颜色像是描摹悲戚似的变为紫色，身体也仿佛整整缩小了一圈。我抱起双臂，盯视着变小的绿兽。也可能兽会随着情感的起伏而不断改变形体。或者它的心——尽管外表丑得吓人——犹如刚制成的棉花糖一样柔软易伤亦未可知。果真如此,我就有获胜希望了。我打算再试一次。你不是个丑八怪兽类吗?我再次大声想道,声音大得心里"嗡嗡"发出回响。**你不是个丑八怪兽类吗**?随即,绿兽的鳞片转眼成了紫色,眼睛活像吸足了我的恶意似的迅速膨胀,如同无花果从脸上掉落下来,里面"哗啦哗啦"出声地滚出红果汁般的泪珠。

我已经不再害怕绿兽了。我在脑海中试着推出大凡能想到的残忍场面:用铁丝把它绑在笨重的椅子上,用尖尖的手术钳一片接一片拔它的绿鳞,把无比锋利的刀尖在火中烧红往它软鼓鼓的粉红色大腿根划上好几道深口子,将烧热的烙铁朝无花果般突起的眼珠上狠狠扎去。每当我在脑海里想出一个如此场面时,兽就好像惨遭其害似的痛苦挣扎、满地打滚,发出沉闷的悲鸣。有色的泪珠涟涟而下,黏糊糊的液体状的东西"啪嗒啪嗒"掉在地板上,耳孔冒出带有玫瑰香味的灰色气体,鼓胀的眼睛不无怨恨地盯着我。"太太,求求您了,行行好,别想得那么狠了!"绿兽说道。"光想都请别再想了。"它伤心地说,"我没没有什么坏心,什么坏心也没有的,只是思恋您罢了。"然而我没有理会他的分辩,并且这样想道:开哪家子玩笑！你突然从我家院子里爬出，没打任何招呼擅自打开我家的门闯进来，不是吗？又不是我请你来的。我也有权利随便想我喜欢想的事情。这么着，我开始想更为残忍的场面。我使用各种各样的器械和工具虐待、摧残兽的身体。大凡折磨活物的方法没有我想不到的。告诉你，绿兽，你是不大了解女人的，这种名堂我**任凭多少哪怕再多**也想得出。与此同时，绿兽的轮廓渐渐模糊，漂亮的绿鼻子也如蚯蚓一般很快缩了回去。绿兽在地板上痛苦不堪地翻滚，嘴一开一合地想最后对我说句什么，却又很难说出，仿佛要告诉我一个十分重要却又忘了说的过时口信。但那张嘴痛苦地停止了开合，继而变得模模糊糊，消失不见了。绿兽的形体如傍晚的影子越来越薄，唯独悲伤的鼓眼睛仍然依依不舍地留在空间。那也没用，我想，看什么都无济于事，你已经什么都不能说，什么都不能做了，你这一存在已经彻底完蛋。于是，那眼睛也当即消失在虚空中，夜色悄无声息地涌满了房间。

沉默

我问大泽过去他吵架时打过谁没有。

大泽仿佛看什么刺眼东西似的眯细眼睛注视着我。

"怎么问起这个来了呢？"他说。

那眼神无论怎么看都不像平时的他，其中有一种活生生的东西放射着尖刺刺的光。但那也仅限于一瞬之间，他迅速把光收回，恢复了平素温和的表情。

也没什么太深的意思，我说。实际上这问话也没什么大不了的含意，无非一点点好奇心促使我提出这个不妨说是多余的问题的。我马上转换话题，但大泽没有多大兴致。看样子他在静静地沉思着什么、忍耐着什么、困惑着什么。无奈，我只好呆呆地看着排列在窗外的银色喷气式客机。

| 沉默 |

　　说起我这样问他的起因，是由于他说他从初中时就一直去拳击训练馆。为等飞机而东拉西扯闲聊的时间里不觉谈起了那段往事。他三十一岁，现在仍每天去一次拳击馆，大学时代曾作为校代表队选手参加过好几次对抗赛，也入选过国家队。我听了有点意外。虽然过去一道办过几次事，但从性格上看不出他是练拳击练了近二十年的人。他斯斯文文的，不大爱出风头，工作踏踏实实富有耐性，从不做强人所难之事，再忙也不疾言厉色横眉怒目。我一次也没听他说过别人的坏话或发过牢骚。总的说来不能不叫人怀有好感。长相也甚是温文尔雅落落大方，远非主动出击那一类型。很难想象如此正人君子会在某处同拳击连在一起，所以我才这样问他。

　　我们在机场餐厅喝咖啡。大泽要和我一起去新潟。时值十二月初，天空如扣上顶盖一般阴沉沉的。新潟大概一大早就下雪了，看样子飞机起飞要比预定时间推迟许多。候机大厅里人多得一塌糊涂，广播在连续播放延误航班的消息，被困男女的脸上浮现出疲惫之色。餐厅的暖气有点热过头了，我用手帕不停地擦汗。

　　"基本上一次也没有。"大泽沉默了半天，突然这样开口了，"开始练拳击后不曾打过人。刚开始学拳击时已不知被喋喋不休地灌输过多少次：绝对不可以不戴拳击手套在拳击台外打人！一般人打人打错部位自然有些麻烦，但对于从事拳击运动的人来说那就不是一般麻烦了，而等于是使用凶器。"

我点点头。

"不过老实说来，人还是打过一次的，就一次。"大泽说，"初中二年级的时候，刚学拳击不久。不是我辩解，那时拳击技术什么的还一点都没教，根本没教。当时我在拳击馆练的仅仅是强化体能项目。跳绳、伸展体操、跑步等等，全是这些。况且也不是我想打才打的，只是当时太气愤了，没等多想手就像被弹出去似的猛然伸去，没办法控制，意识到时已经打了对方，打完之后还气得浑身一个劲儿发抖。"

大泽之所以学拳击是因为他叔父经营着一家拳击馆，而且不是随便哪里都有的马马虎虎的社区拳击馆，而是出过亚洲冠军的正正规规的一流拳击馆。父母问他去那家拳击馆锻炼一下身体如何。两人是担心儿子老闷在房间里看书。大泽对学拳击固然兴致不大，但他喜欢叔父的为人，觉得不妨一试，实在讨厌再作罢不迟——便是以这种无所谓的心情开始了拳击练习。然而在他乘差不多一个小时

| 沉默 |

的电车前往叔父拳击馆的几个月时间里,这项竞技项目意外地吸引住了他。吸引他的主要原因是拳击基本上属于沉默的运动,又极为个人化,并且是他过去从未见过接触过的崭新世界,这个世界让他的心不由自主地雀跃不止。年长男子们身上那飞溅的汗珠味儿、拳击手套的皮革相碰时那"咯吱咯吱"紧绷绷的声响、人们对高效利用肌肉功能的专心致志——这些无不一点一点然而确确实实地俘获了他的心,星期六和星期日各去一次拳击馆成了他为数不多的开心事之一。

"我中意拳击的另一个原因,在于它有底蕴,是那底蕴抓住了我,我想。相比之下,打与被打实在无足轻重,不过是结果罢了。人既有获胜之时,又有败北之时。只要能理解它的底蕴,即使败了也不至于心灰意冷。人是不可能对一切都战而胜之的,迟早总要失败,关键是要理解它的底蕴。拳击这东西——至少对我来说——便是这么一种行为。戴上拳击手套往拳击台上一站,时常觉得自己置身于深洞的底部。洞深得不得了,谁也看不见,也不被谁看见,我就在那里边同黑暗搏斗。孤独,但不伤感。"他说,"孤独其实也分很多种类,有足以斩断神经的痛不欲生的孤独,也有相反的孤独。

为了得到它必须削去自己的血肉。但只要努力，就会有相应的报偿，这是我从拳击中得到的一个体会。"

接下去大泽沉默了二十秒钟。

"这件事我实在不愿意提起，"他说，"可能的话，真想忘个一干二净。可是忘不掉，当然。想忘的东西是绝对忘不掉的。"说着，大泽笑了笑，看一眼自己的手表。时间仍绰绰有余。于是他缓缓地讲开了。

大泽那时打的是他的同学，姓青木。大泽原本就讨厌那小子，至于为什么讨厌，他自己也说不明白，反正从第一眼看见对方时起就讨厌得不行。如此明确地讨厌一个人，生来还是头一次。

"那种事情是有的吧？"他说，"无论谁、无论什么样的人，一生当中大概都会碰上一次那种事，都会无端地讨厌某个人。我自以为我不是无缘无故讨厌别人那样的人，但就是存在那种对象。没什么道理好讲。而且问题是：一般情况下，对方也对自己怀有同样的情感。

"青木学习很好，成绩基本都拿第一。我上的是一所全是男生

| 沉默 |

的私立学校,但他非常有人缘,在班上被高看一眼,也受老师宠爱。成绩虽好,但决不自高自大,通情达理,玩笑也开得轻松,还多少有点侠肝义胆……但我嗅出了他背后时隐时现的圆滑和本能的工于心计,一开始就忍无可忍。叫我具体说是怎么回事我也说不来,因为举不出具体例子,只能说**反正就是**明白。我本能地无法忍受那小子身上挥发的利己和自命不凡的气味,好比生理上无法容忍某人的体臭。青木由于脑袋好使,那种气味给他巧妙地消除了,所以多数同学都以为他好上了天。每当听到那种说法时——当然我从来不多嘴多舌——我心里就十分不快。

"在所有意义上青木都跟我截然相反。总的说来我沉默寡言,在班上也不引人注意。一来我不大喜欢出风头,二来一个人待着也不怎么痛苦。当然我也有几个可以说是朋友的同伴,但交往都不太深。在某种意义上我是个早熟的人,较之跟同学交往,更喜欢独自看书、听父亲的西方古典音乐唱片,或者去拳击馆听年长者讲话。你也看到了,就连长相我也不怎么显眼。成绩虽不算糟糕,可也不特别出色,老师时常想不起我的姓名。就这么个类型。因此,我也注意尽量不张扬自己,去拳击馆的事也没向任何人谈起,看的书听的音乐也不讲出口。

"相比之下，青木那小子干什么都如泥沼中的白天鹅一样醒目，总之是脑袋好使，这点我也承认。脑筋转得快，对方需要什么想什么，转眼就了如指掌，并相当巧妙地变换对策。所以大家都对青木心悦诚服，说他聪明过人。可是我不佩服。在我看来，青木那个人实在过于浅薄。甚至觉得，如果说那就是什么脑袋好使，自己脑袋不好使也未尝不可。不错，脑袋是像剃刀一样敏锐无比，问题是那小子没有所谓自己，没有必须对别人诉说的东西，完全没有。只要能得到大家的承认，他就心满意足，并为自己这份才智洋洋自得。不外乎随着风向滴溜溜打转罢了，可是任何人都看不出这点，看出这点的大概就我一个。

"我猜想青木那方面恐怕也隐隐约约察觉出我这个心思，毕竟直觉好，有可能在我身上感觉出某种令他战栗的东西。我也不是傻瓜。人倒没什么了不起，但不是傻瓜。非我自吹，那时候我就已经拥有自己的世界了。我还年轻，即使自己有意巧藏不露，怕也难免有所炫耀，而不把别人放在眼里。我想是这种类似无言的自负的东西刺激了青木。

| 沉默 |

"一天,我在期末英语考试中得了第一名。考试得第一名在我是头一遭。不是出自偶然,当时我有个无论如何都想得到的东西——什么东西横竖想不起来了——假如考试考个第一就能求父母买来。于是我下定决心,无论如何要在英语上拿个第一,就彻头彻尾用起功来。考试范围哪怕边边角角都不放过,一有时间就背动词变化,一本教科书看得滚瓜烂熟,差不多能全部背下。所以,几乎以满分得第一作为我根本没什么奇怪,理所当然。

"但大家都大为意外,老师也一副吃惊的样子。青木似乎因此受到不小的打击,因为青木英语考试一向第一。老师在发答卷时半开玩笑地抢白了青木两句,青木满脸通红,肯定觉得自己成了笑料。老师怎么说的已经记不得了。不料过了几天有人告诉我青木在散布对我不利的谣言,说我考试作弊,否则想不出别的原因得第一。我是从几个同学那里听来的,听得我火冒头顶。本来一笑置之就好了,但终究是初中生,冷静不到那个程度。这么着,一天午休时间我把青木领到僻静无人的地方,跟他说自己听到了什么什么,问他到底怎么回事。青木对此佯作不知。'喂,别那么找碴儿好不好,莫名其妙!'他说,'我可犯不着给你说三道四。就算阴差阳错弄了个第一，也别得意忘形嘛！'他居然说出这等话来，还轻推了我一把想走，肯定是自恃个头比我高身体比我壮力气比我大。我条件反射地揍他就是那个时候。回过神时，已经往他嘴巴上狠狠来了个直拳。青木趔趔趄趄地倒下了，脑袋不巧撞在墙上，很响地'咚'了一声。还流了鼻血，黏糊糊地淌在白衬衫前襟上。他一动不动坐在那里，用空漠的眼神往我这边望，估计是吓了一跳，闹不清发生了什么事。

"在我拳头碰他颧骨那一瞬间，我便后悔出手打他，知道打他也没什么用。我仍在气得浑身哆嗦不止，但已清醒地意识到自己干了一桩蠢事。

"我本想向青木道歉，但没有道歉。只要对方不是青木，我想我是会好好当场赔礼道歉的，可是对青木这小子无论如何也没那份心思。我固然为打青木而后悔，但绝对不认为做了对不起青木的事。这种家伙就是该揍，简直害虫一个，本应被谁一脚踩死才对。但作为我是不该打他的，这是明摆着的道理。问题是已经晚了，我已经打了对方。我把青木晾在那里扬长而去。

"下午青木没上课，想必直接回家去了。不快感始终在我心头

| 沉默 |

挥之不去，做什么都沉不下心，听音乐也好看书也好，全都欢喜不来。胃里有什么东西沉甸甸地压在底部，让我根本集中不了注意力，感觉上就好像吞下一条令人作呕的虫子。我躺在床上盯视自己的拳头，心想自己是个何等孤独的人啊！我对把自己搞成如此心情的青木那小子愈发恨得咬牙切齿。"

"青木从第二天开始一直采取无视我的态度，就像我压根儿不存在似的。考试依然连拿第一。而我再也没心绪花力气应付考试了，觉得那东西对自己来说怎么都无所谓。这样，学习上适可而止，只要不留级就行，往下只管做自己喜欢的事。我坚持去叔父的拳击馆，练得非常专心。结果，作为初中生我的双臂已相当可观。我感觉得出自己的身体正在急速变化。肩变宽，胸变厚，胳膊结结实实，腮肉紧紧绷绷，心想如此自己将长成大人，这使我分外兴奋。每天晚上我都赤身裸体站在卫生间的大镜子前，那时光看看自己那副体魄就喜不自胜。

"学年结束时，我同青木分在两个班，得以舒了口长气。只要不每天在教室里同他见面就足以让我高兴了，我想青木那方面也是同样。我以为不快的记忆会就势远去,然而事情并不那么简单。青木时刻在准备报复。自尊心强的人往往报复心也强,青木也不例外,不可能轻易忘掉自己遭受的侮辱。他静静地窥伺着把我绊倒在地的决定性战机。

"我和青木升入同一所高中,是一所初高中合在一起的私立学校。那儿年年换班,青木一直在别的班,但最后上高三时终于和他同班了,每次在教室里和他打照面心里都别扭得要命。那时他的眼神很让我看不惯。和他对视之后,以前感觉到的沉甸甸的东西又重新返回胃里。一种不吉利的预感。"

说到这里,大泽合上嘴,盯视着眼前的咖啡杯,良久才抬起头,脸上浮出浅浅的笑意看我的脸。窗外传来喷气式客机的轰鸣声。波音737如楔子一般径直扎向云中,再无踪影。

大泽继续下文。

"第一学期风平浪静地过去了。青木一如往日,自初二开始他几乎无任何变化。某种人是既不成长又不后退的,只是以同样的方式做同样的事。青木的成绩依旧名列前茅,人缘也好。这小子十几岁起就已巧妙掌握了为人处世的诀窍,估计现在也以同一模式活

| 沉默 |

着。总之我们尽量不正面相对,教室里有关系如此别扭的人心里确实不是滋味,但没有办法,何况我也有一部分责任。

"不久,暑假来了,作为高中生是最后一个暑假。我也总算取得了不算太差的成绩,只要不特别挑剔,一般大学还是进得去的,所以没为准备考试而特别用功,只是大致做一下学校每天的预习和复习罢了。这样也足够了,父母那方面也没啰嗦什么。星期六星期日去拳击馆练习,其余时间就看喜欢的书或听音乐。可大家全都紧张得脸色发青。我们教室是初高中一贯制的所谓应试学校。哪所大学考上几个人啦,考上哪所大学的人数排在第几位啦——老师就眼睛盯在那上面忽喜忽忧的。学生一上三年级也都整个脑袋发热,教室空气相当紧张。我不中意学校的这种地方,一入学就不中意,六年来直到最后也中意不来,上到最后也没能交上一个能够推心置腹的朋友。说起高中时代正经打交道的人,全是在拳击馆里遇上的。虽说他们大部分比我大,多半有工作,但同他们交往非常开心,练完拳击一块儿去哪里喝啤酒,谈天说地。他们同我班上那伙人截然不同,说话也同班里平时说的完全两样,可是和他们在一起我轻松得多,并且学到了许多宝贵的东西。如果我不练拳击,不去叔父的拳击馆，我想自己不知会多么孤独，现在一想都不寒而栗。

"暑假正中间出了一件事：班上一个人自杀了，是个姓松本的男生。松本那人不太引人注意，或者不如说不曾给人以印象。得知他的死讯时，连他长什么样都几乎记不起来。虽说同在一个班，可我和他说话顶多也就两三回，记起来的只是他长得细细高高，脸色不大好看。他是在八月十五日稍前一点死的。葬礼和'终战纪念日'赶在一起，这点记得很清楚。那天热得不得了。电话打到家里，告知他的死讯，叫我参加葬礼，因为全班都参加。是跳进地铁里死的，原因不清楚。倒是有遗书样的东西留下来，但上面只写了一句：再不想到学校去了。至于为什么不想到学校去，具体情由只字未提，至少听人说是这样。不用说，学校方面神经绷得紧紧的，葬礼结束后全级学生集中到学校，校长在大家面前讲话——哀悼松本君的死啦、我们要坚强地承担他的死之重量啦、全体师生要超越悲痛更加刻苦啦……无非此类套话。

"再往下就只剩下我们班在教室集中了。教导主任和班主任在前面说道：如果松本自杀有什么确切原因，我们必须严加追究，所以，如果班里有人对他的死因有所觉察，希望如实说出。大家鸦雀

| 沉默 |

无声，谁都没说一句话。

"对此我没怎么放在心上。同学的死让我觉得不忍，根本没必要死得那么惨。讨厌学校不来就行了么！再过半年，讨厌不讨厌都要离校，何苦非死不可呢？我很难理解。想必是神经衰弱造成的。一天到晚除了考试不说别的，纵使有一两个人头脑出故障也没什么大惊小怪的。

"不料暑假完了开学上课，我察觉到班里有一种奇妙的空气，大家对我好像格外陌生，有什么事跟周围人说话，回答也都假惺惺冷冰冰的。起初我以为大概自己神经过敏，或者大家整体上变得神经兮兮了，也没怎么介意。但开学大约第五六天，我突然被老师叫去，让我放学留下来去一趟教员室。班主任说听说我去拳击馆，问是不是真的。我说是的。那并不违反什么校规之类。又问我什么时候开始去的，我说初二时开始的。老师问初中时打了青木可是真的，我说是真的。因为那不能说谎。老师问是开始练拳击之前还是之后，我说是之后。我解释说不过那时还什么都没教，起始三个月连拳击手套都不让戴。但老师根本听不进去，又问我打过松本没有。我大吃一惊。刚才说了，我和松本几乎连话都没有说过。我答

041

说哪里会打他呢，干嘛非打他不可呢。

"老师沉下脸来说：松本在学校里动不动挨打，时常脸上身上青一块紫一块回家。他母亲这样说的。在学校、在**这所学校**里挨了什么人的打，零花钱被什么人抢走了。但松本没把名字告诉母亲，大概担心那样一来会被打得更厉害，所以一时想不通自杀了。可怜啊，跟谁都不能商量。打得相当严重，我们正在调查是谁打的松本。若是有想得起来的什么，只管直言相告，那样事情就可稳妥解决了。否则，警察会介入调查，这个你可明白？

"我明白了，是青木插了进来。青木十分巧妙地拿松本的死做了文章。我想他也并未说谎。他从哪里知道了我去拳击馆的事。我没对任何人讲过，猜不出他是怎么知道的，反正他是知道了，并且打听到了松本死前被谁打了一顿。往下就简单了，一加一即可，去老师那里说我去拳击馆，说曾经打过自己即可。当然添油加醋怕是有的——我由于受到严重威胁而至今不敢跟任何人提起挨打之事、血出得一塌糊涂……这类话我想他是说了的，不过他不至于扯事后马上露马脚那么笨拙的谎，因为这上面他极为谨慎。他把一个个简单的事实巧妙地涂上颜色，最后造成一种谁都无法否定的气氛——

| 沉默 |

我非常明了他的这一伎俩。

"老师似乎认定我是可疑分子。他们认为去拳击馆的人或多或少都有不良之处,况且我原本就不是老师青睐的那类学生。三天后我被警察叫去。不用说,这对我是个打击,因为事情无任何根据,毫无根据,不过传言罢了。谁都不肯相信我了,对此我十分伤心,十分懊恼。警察简单询问了几句,我说跟松本几乎没说过话,四年前是打了青木,但那是属于随处可见的无谓争吵,后来没惹任何问题,如此而已。负责问话的警察说听说我打了松本,我说那是谎言,有人存心散布那种没根没叶的流言蜚语。再往下警察也全然无能为力,毕竟什么证据都没有,只是传闻而已。

"不料我被警察叫去的事马上在学校传开了。本该是保密的,不知从哪里泄露了出去。总之,大家看我的眼光似乎发生了决定性的变化,都以为既然被警察叫去,那么应当相当有根据才是。看那情形,无人不相信是我打了松本。

"至于青木到底向大家煞有介事地讲了哪些话、在班里制造了怎样的舆论,我不得而知。作为我也不想知道。但想必非同小可,反正班里再也没人和我说话了。就像有约在先——实际上也可能在哪里约定好了——谁都不对我开口。即使有非讲不可的事，主动搭话也没人应声，以前要好的几个人也不靠近我。大家全都像躲避传染病患者似的对我避而远之，打算彻底无视我这个人的存在。

"不光同学，老师也尽可能不同我见面。点名时他们也点我的名字，但仅此而已，绝不指名叫我回答问题。最可气的是体育课时间。任何比赛事实上都把我排除在外，没有人肯和我搭档，老师也一次都不想帮助我。我默默上学，默默上课，默默回家，如此日复一日。的确是痛苦的日子。两三星期过后，我渐渐没了食欲，体重也在下降，夜晚觉也睡不着。一躺下我就胸口怦怦直跳，种种图像纷纷浮上脑海，根本无法入睡。醒来脑袋也昏昏沉沉，甚至醒还是没醒都渐渐没了分别。

"与此同时，拳击练习也时不时停顿下来了。父母担心地问我发生了什么。我什么也没说，只说没什么，只是有点疲劳，因为即使——讲出他们也无可奈何。这样，父母直到最后也不晓得我在学校遭遇了什么。而且父母都有工作，没时间顾及孩子。

"放学回来我就闷在自己房里呆望天花板。什么也做不成，只是眼望天花板这个那个思来想去。我想象了很多很多场面。想象最多的是殴打青木。趁青木一个人之机左一下右一下揍他，骂他是人渣，打他个痛快淋漓。对方大放悲声也好哭着求饶也好，反正就是打、打、打，打到他脸上皮开肉绽。不料打着打着心情竟慢慢变得不快起来。开始时还好，认为他活该，心花怒放，但接下去就渐渐开心不起来了。尽管如此，我还是无法不想象殴打青木的场景。一望天花板，青木的脸就自然而然浮在那里，意识到时已动手揍他了，而一旦开揍就欲罢不能。如此想象的时间里，我心情糟得竟实际吐了一次。全然不知道如何好。

"我设想站在大家面前表明自己没做任何亏心事，如果谁说我做了什么罪有应得的事，就请拿出证据来，若无证据就别再这么惩罚我。但我有预感，觉得就算这么说了，大家也不会信任自己。而且说老实话，我也没心思向那些囫囵吞枣地相信青木的话的家伙一一澄清事实，若那样做了，结果上势必等于告诉青木自己已甘拜下风。我可不愿意跟青木那样的货色同台打擂。

"而这样一来，就别无良策了，既不能殴打青木惩罚青木，又不能说服大家。我所能做的仅仅是默默忍耐。还有半年。半年就毕业了。毕业就再也不必同任何人见面了。为时不过半年，设法忍受沉默即可。可是我又缺乏信心，不知能否挺过六个月，甚至往下一个月能不能挺住都没自信。回到家我就用水笔一天天把日历涂得漆黑——今天终于过去了、今天总算完了。我险些被压碎挤瘪。假如那天早上不和青木在同一节车厢碰上，我真有可能被压碎挤瘪。现在回想起来事情十分清楚：我的神经就是被挤压到了那个危险地步。

"我终于从地狱般的境地里站立起来，是那一个月过后，在去学校的电气列车上同青木不期而遇。车厢照样满员，挤得动弹不得。稍前一点我看到青木的脸。隔两三个人，从别人肩头看见他的。我和他简直正相对地四目对视。他也注意到我了。我们对视了一会。当时我的脸色肯定非常难看——睡不好觉，差点儿神经崩溃，因此刚开始时青木以冷笑样的眼神看着我，像是在说怎么样呀。我知道这一切都是青木搞的鬼，青木也晓得我知道。我们死死地瞪视对方，瞪了好一阵子。但在看他眼睛的时间里，我渐渐产生了一种不可思议的心情。那是我从未感觉到的情感。当然对青木我是气恼的，气得有时恨不得宰了他。然而那时候我在满员列车中所感到的，与其说是气愤和憎恨，倒不如说是近乎悲哀和怜悯的感情。难道人会因为这么一点事就洋洋得意就炫耀胜利不成？难道这小子因为这么一点事就真的心满意足、欢天喜地不成——想到这里，我不由感到一种深切的悲哀。我想，这小子恐怕永远体会不到真正的喜悦和真正的荣耀，恐怕至死他都感受不到从内心深处涌起的那静静的震颤。某种人是无可救药地缺少底蕴的，倒不是说我自己有底蕴。我想说的是具不具有理解底蕴这一存在的能力。但他们连这个都不具有，实在是空虚而凡庸的人生，哪怕表面上再引人注目，再炫耀胜利，里边也是空无一物的。

"我一边这么想着，一边静静地凝视他的脸。已不再想揍青木了，关于他已经怎么都无所谓了，真的无所谓了，对此自己都有些吃惊。我打定主意，再忍受五个月沉默就是，也完全忍受得了。我还有自豪剩留下来。不能让青木那样的人就这么轻易拉下马去——我清楚地这样想道。

"我开始以这样的眼神看青木。相互看了相当长时间。估计作为青木也认为移开眼睛即是认输。我们谁也没有移开眼睛，直到车进下一站。不过最后青木的眼睛颤抖了。尽管微乎其微，但我清楚地看在眼里。长期练习拳击，对对方的眼神自然敏感。那是脚已动弹不得的拳击手的眼神。本人以为在动,其实没动。自以为在动,但脚已原地止步。脚一止步,肩便运动不灵,双拳也就没了力——便是这样的眼神。对方恐怕已经感到自己有什么不对头了,但那是怎么回事却不知其故。

"我以此为起点重整旗鼓。夜晚呼呼大睡,好好吃饭,拳击练习再也一次不缺。不能落荒而逃。倒不是说要战胜青木,而是不能在人生本身面前溃逃,不能被自己所蔑视所不屑的东西压瘪挤碎。我就这样忍耐了五个月,跟谁也不开口。自己没错,错的是大家——我自己讲给自己听。每天挺胸上学,挺胸回家。从高中出来后,我上了九州一所大学,因为我想去九州就不至于同高中时代的熟人见面了。"

说罢这些,大泽长长地叹息一声。他问我再来一杯咖啡如何,我谢绝了。已经喝了三杯咖啡。

"有了这番刻骨铭心的体验,人这东西无论如何都要改变的。"他说,"既往好的方面变,又往坏的方面变。以好的方面说,那件事使我变成了相当富有忍耐力的人。较之那半年所尝的滋味,后来经历的困境简直算不得困境。只要同那次一比,一般的痛苦和

| 沉默 |

艰难都能应付过去，对于周围人遭受的伤痛和苦楚也比普通人敏感。这是有利之点。通过获得这种有利的特质，那以后我得以交了几个真正要好的朋友。当然也有其不利之处——自那以来我再也无法彻头彻尾相信一个人了。倒不是说不信任人。我有老婆有孩子，我们建立了家庭，互相守护，没有信赖是办不到的。不过我想，就算现在生活得这么风平浪静，而一旦发生什么、一旦有什么极为歹毒的东西出现，也照样能使其土崩瓦解。果真那样，即使有幸福的家庭有亲朋好友守在我身边，往下如何发展也是无从预料的，说不定突然哪一天会再也没有人相信我所说或者你所说的话。这种事是突然发生的，突如其来。我常常这样想。上次的事六个月好歹过去了，可下一次发生同样的事，谁都不晓得会持续多长时间，自己能忍受多久也毫无信心。想到这里，我就时常怕得不行，半夜做梦甚至一跃而起，或者不如说时不时有那种情形。每当那时我就叫醒老婆，扑在她身上哭泣，有时一哭一个多小时。怕得不行，怕得不得了。"

他就此打住，凝望窗外的云。云始终纹丝不动。塔台也好飞机也好运输车辆也好舷梯也好穿工作服的人也好，所有颜色无不被吸

049

入深沉的云影之中。

"我怕的不是青木那样的人。青木那样的人哪里都有，这我早已想通了。一碰见那样的人，无论如何我都避免与之发生关联，总之就是逃，就是说逃为上计。这并没有多难。那种人一眼就能看出。同时我也认为青木还是相当有两下子的，伏身窥伺时机的能力、准确捕捉机会的能力、恰到好处地把握和煽动人心的能力——这样的能力并非任何人都具有的。对此我固然讨厌得想吐，但我承认此乃一种能力。

"不过我真正害怕的，是那些毫无批判地接受和全盘相信青木那类人的说法的人们，是那些自己不制造也不理解什么而一味随着别人听起来顺耳的容易接受的意见之鼓点集体起舞的人们。他们半点都不考虑——哪怕一闪之念——自己所作所为是否有错，根本想不到自己可能无谓地、致命地伤害一个人，无论自己的行为带来什么后果他们都不负任何责任。真正可怕的是这些人。我半夜梦见的也是这些人。梦中我只能沉默。梦中出现的人不具有面孔。沉默如冷水一般迅速渗入一切，而一切又在沉默中黏糊糊地溶为一摊。我也在那里边溶化，怎么喊叫都无人听见。"

| 沉默 |

　　说着，大泽摇了下头。话到此结束。大泽在桌上攥起双手，默然无语。

　　"时间还早，不喝点啤酒什么的？"稍顷，他说道。我说好吧。的确想喝啤酒了。

冰男

我和冰男结婚了。

我和冰男是在一座滑雪场的旅馆里相识的。那或许应该说是同冰男相识的最佳场所。旅馆大厅很热闹,到处挤满青年男女,而冰男则在距取暖炉最远处的角落里一个人静静地看书。虽时近中午,但我觉得冬日早上那冰冷鲜亮的晨光似乎仍留在他四周。"喏,那就是冰男。"一个朋友低声告诉我。不过当时我完全不晓得所谓冰男到底是何许人物。朋友也知道得不详细,只知他被称为冰男。"肯定是用冰做的,所以才被称为冰男。"她以一本正经的神情对我说,活像在说一个幽灵或传染病患者。

冰男个子很高,满头一看就知很硬的头发,面部倒还显得年轻,但那如钢针一般坚利的头发里处处夹杂着银白,犹如尚未融尽的残雪。颧骨如僵冷的岩石一样凛然耸起,手指挂着一层绝不融化的白霜。其实除了这些,冰男的外表与普通人几乎并无区别。说英俊或许当之有愧,但从某种眼光看来,完全称得上风采迷人。他身上有一种直刺人心的东西,尤其是那对眼睛。眼睛沉寂、透明,闪着冷峻的光,如冬日清晨的冰锥,仿佛是其临时拼凑成的肉体当中唯一真实的生命体。我伫立良久,从远处打量冰男。冰男一次也没抬起脸来,只顾一动不动地潜心看书,俨然是在自言自语:自己周围空无一人。

翌日下午冰男仍在同一位置同样地看书。无论我去食堂取午饭,还是傍晚同大家一起滑雪归来时,他都坐在昨天那把椅子上,往昨天那本书上倾注视线。日暮也罢,夜深也罢,他都像窗外冬日本身那样安安静静坐在那里,孤单单一个人看书。

第三天下午,我找了个借口没去滑雪场,一个人留在旅馆里,在大厅往来徘徊。大家都已出去滑雪,大厅空空荡荡,犹如被遗弃的小镇。空气格外温暖潮湿,混杂着一种无端给人以抑郁之感的气味。那是雪——沾在人们的鞋底被带入厅内并在炉前一点点随意融化的雪——的气味。我透过这里那里的窗口向外张望,或"啪啦啪啦"翻动报纸。之后我走到冰男身边,果断地向他搭话。总的说来,我是个怕见生人的人,除非迫不得已,否则不会向陌生人搭话,但此时此刻我想对冰男一吐为快。这是我在这旅馆的最后一晚,失此良机恐怕再不会有同冰男说话的机会了,我想。

你不去滑雪么?我尽可能以若无其事的声音问冰男。他慢慢扬起脸,那神情像是听到了极远处传来的风声。他便以如此眼神定定地看我的脸,轻轻摇了摇头,说:我不滑雪,只这样边看雪边读书就行了。他的话在空中化为白云,如连环画中人物对话的套圈,我完全可以用自己的眼睛真切地看到他的话语。他轻弹一下手指上的白霜。

往下我就不知说什么好了。我满脸通红,木木地站在那里。冰男看着我的眼睛,好像略略浮起一丝笑意,但我看不确切。对方果真微笑了不成?自己神经过敏也未可知。可以的话,坐一会儿好么?冰男说,你不是对我有兴趣么?不是想知道冰男是怎么回事么?说着,他微微一笑,没关系,用不着担心,同我说话也不至于伤风感冒的。

于是我同冰男攀谈起来,我们并坐在大厅角落的沙发上,一边

| 冰男 |

眼望窗外飘舞的雪花，一边不无拘谨地谈着。我要了杯热可可，冰男则什么也不喝。冰男和我差不多，也不大健谈，而且我们没有共同话题。一开始谈的是天气，继之是旅馆的舒适度。你一个人来的么？我问冰男。是的，冰男回答。他问我是否喜欢滑雪，我答说不很喜欢，这次是给同伴强行拉来的，实际上几乎一步也滑不了。我很想了解冰男是怎么回事，诸如身体是否真的由冰构成，平时吃什么食物，夏天在哪里度过，双亲是否也是冰男冰女，等等。但冰男无意主动谈自己，我也不便询问。我想冰男可能不大乐意谈这些。

相反，冰男就我本身谈了起来，令人难以置信的是，不知为什么，冰男居然对我了如指掌。我的家庭成员，我的年龄，我的爱好，我的健康状况，我就读的学校，我交往的朋友，简直无所不知。就连我早已忘记的陈年旧事，他也一清二楚。

真不明白，我红着脸说。我总觉得自己好像在人前被剥得精光。你为什么这么熟悉我的情况呢？我问，莫非你能看到人心里去？

不，我看不到人心里去，可我明白，就是明白，冰男说，这么静静地看着你，你的一切就会历历在目，就像盯视冰块深处一样。

能看见我的未来？我问。

未来看不见，冰男不动声色地说，旋即缓缓摇头。他说，我对未来丝毫不感兴趣，准确说来，我没有未来这个概念，因为冰不具有所谓未来。冰有的只是被严密封闭于其中的过去，一切都被栩栩如生地封闭在里面。冰可以这样保存很多很多东西，非常卫生，非常清晰，原封不动。这是冰的职责，冰的本质。

明白了，说着，我淡淡一笑。听你这么说我就放心了，我也不想知道什么自己的未来了。

回东京后，我们也见了好几次，不久便每个周末都约会。但我们没去电影院，没进酒吧，甚至饭也没吃。因为冰男差不多不摄取食物。两人经常坐在公园椅子上谈天说地，着实谈了很多很多话。但冰男无论如何也不谈及他自己。为什么呢？我问他，你为什么不谈自己呢？我很想知道你——在哪里出生？父母是什么样的人？怎样变成冰男的？冰男盯视了一会我的脸，然后慢慢地摇头。我也不知道，冰男用平静而发尖的声音说，往空中粗重地吐了口白气。我不具有所谓过去，我知道所有的过去，保存所有的过去。但**我本身**却不具有过去。我不知道自己出生在什么地方，也不晓得父母的长相，甚至不知道父母是否真的存在，也不晓得自己的年龄，甚至不知道是否真的有年龄。

冰男如黑夜中的冰山一样孤独。

我开始真心爱上了这样的冰男。冰男既无过去又无未来，只是**现在**爱着我。我认为这实在是再好不过的事。我们甚至谈到了结婚。我刚二十，冰男是我生来真正喜欢上的第一个对象。我爱冰男究竟意味着什么呢？此时的我却是想都没想。不过即使对象不是冰男，我恐怕也同样懵懵懂懂。

母亲和姐姐坚持反对我同冰男的婚事。她们说，你年龄太小，不适合结婚，而且关键连对方的来龙去脉岂非都没搞清？何时生于何处不是都不知晓？和这样的人结婚，怎么向亲友交代？况且，对方是冰男，一旦融化可怎么办？她们还说，你好像并不明白，结婚这东西是要负起像样的责任的，而冰男那样的人能尽到作为丈夫的责任吗？

这些担心是多余的。冰男并非用冰做成，不过像冰一样冷而已。所以,即使周围变暖也根本不至于融化。其体温的确冷得和冰块相差无几,但毕竟是肉体,而不是冰,冷固然冷得厉害,但并未冷到足以剥夺别人体温的地步。

我们结婚了,在没有任何人祝福的情况下结婚了。朋友也好父母也好姐姐也好都不高兴我们结婚。婚礼都未举行。入籍也无从谈起,冰男连户籍也没有的。仅仅由我们两人决定我们结婚罢了。买来小型蛋糕,两人吃了,算作简单的婚礼。我们租了个小小的公寓套间。冰男去保管牛肉的冷库做工来维持生活。不管怎么说他毕竟耐冷,而且怎么干也不觉得劳累,饭也吃不多少。因此雇主非常欣赏,所付工资也比一般人多得多。两人不声不响幸福地生活着,既不打扰别人,也不受别人打扰。

给冰男抱在怀里时,我每每想起可能冷清清静悄悄地存在于某个地方的冰块。我想冰男大概知道那个地方,知道那个恐怕无比坚硬的冰块。那是世上最大的冰块,但它位于很远很远的地方。冰男将这冰块的记忆传达给世界。最初我对冰男的拥抱感到惶惑,但很快就习惯了,甚至喜欢被其拥抱。他依然对自身的事守口如瓶,我也没有问他何以成为冰男。我们在黑暗中抱在一起,默默地共同拥有巨大的冰块。冰块之中，一尘不染地按本来面目密封着世界长达数亿年的往昔。

婚后生活没有任何成为问题的问题。我们相亲相爱，一帆风顺。左邻右舍似乎对冰男这一存在有些不大习惯，但时间一长，也都渐渐向冰男搭话了。他们开始说：虽说是冰男，可是跟普通人没什么区别嘛！当然，在心里边他们还是不接受冰男，对同其结婚的我也同样不接受。我们与**他们**不是同种类的人，任凭多久也无法填埋这道鸿沟。

我们怎么也没有孩子。或许人的遗传因子是很难同冰男结合的。总之，也是因为没有孩子的关系，一段时间后我开始百无聊赖起来。早上三下两下做完家务后，往下便无事可干。我没有同我说话或一同外出的朋友，跟周围也没有来往。母亲和姐妹们仍在为我同冰男结婚而余怒未息，对我不屑一顾。她们认为我是一家的耻辱。我甚至连个打电话的对象也没有。冰男在冷库做工的时间里，我始终形单影只地困守家中，看看书，听听音乐。相对说来，较之外出，我更喜欢在家，属于不以孤独为苦的性格。可是我毕竟还太年轻，这种日复一日的单调生活终于使我感到不堪忍受。这倒不是因为无聊,而是其反复性所使然。在这种反复当中,我觉得自身也仿佛成了反复来去的影子。

于是一天我向丈夫提议两人是否该去哪里旅行以转换一下心绪。旅行?说着,冰男眯细眼睛看着我。为什么要去旅行?你和我在这里不是挺幸福的么?

不是那个意思,我说,我是很幸福,我们之间不存在任何问题。只是我有些无聊,想去远方看一看没有看过的东西,吸一吸没有吸过的空气,明白么?再说我们连新婚旅行都没去,现在钱绰绰有余,带薪休假也攒了不少,正是尽情旅行的大好时机。

冰男深深叹了口气。叹出的气在空中"丁铃"一声结成了冰花。他在膝头交叉握住挂霜的长手指。是啊,既然你那么想去旅行,我也没什么意见。虽然我不认为旅行那么美妙,但只要能使你开心,我什么都可以做,哪里都可以去。冷库那边我想请假也是请得下来的,因为我一直干得很卖力。这方面毫无问题。不过具体想去什么地方呢?

南极怎么样?我说,所以选择南极,是因为我想冷地方冰男肯定感兴趣,而且实际上我也很早就想去南极一游。我很想看极光很想看企鹅。我想象着自己身穿带帽子的毛皮大衣在极光下同企鹅群嬉戏的情景。

　　我如此一说，丈夫冰男凝视着我的眼睛，一眨不眨地盯着，如尖利的冰锥透过我的双眼，直穿脑后。俄尔，他用尖刺刺的声音说了声可以。好的，既然你有此愿望，那就去南极好了。可是真的？

　　我点下头。

　　两个星期后，我想可以请下长假。这期间能做好旅行准备吧。真的没有关系？

　　我未能当即回答。冰男那冰锥般的视线盯得我脑仁变冷发麻。

　　可是过了几天，我开始后悔不该向丈夫提出去南极。不知为什么，自从我说出"南极"一词以来，丈夫好像发生了某种变化，这点我可以清楚感觉出来。较之以前，其眼神更加像冰锥一般尖锐，其呼吸更加白雾蒙蒙，其手指更加沾满银霜。他变得比以前沉默得多，固执得多。现在他几乎不吃东西。这使我深感不安。出发前五天，我一咬牙向丈夫提出别去南极了。细想起来南极到底过于寒冷，对身体恐也不好。还是去普普通通的地方更合适些。欧洲怕是不错吧？去西班牙一带悠闲几天算了，喝喝葡萄酒，看看斗牛。但丈夫不肯答应。他久久凝望远方，然后看我的脸，目不转睛地紧紧盯住我眼睛。视线是那样的深刻，以致我觉得自己的肉体说不定马上会淡然逝去。不，我不愿意去什么西班牙，丈夫冰男斩钉截铁地说。对不起，对我来说西班牙太热，灰尘太多，饭菜太辣。何况去南极的两张票早已买好，还为这次旅行给你买了毛皮大衣，买了毛皮靴，总不能让这些统统报废。现在才说不去为时已晚了。

坦率地说，我有些害怕，我预感一旦到了南极，我们身上将发生无可挽回的事变。我做了好多好多次噩梦，同样的噩梦。梦见自己散步时掉进平地出现的深洞，而又没有人发现搭救，致使全身冻僵，并被封在冰块里，从中仰望天空。我意识清醒，然而连一根手指也动弹不得，实在奇怪得很。我知道自己正一刻刻化为过去。我没有未来，只能不断堆积过去。人们都在注视我，注视过去，注视我向后退去的光景。

睁眼醒来，身旁睡着冰男，睡得不喘不息如僵死一般。但我爱冰男。我哭泣，眼泪落在他脸上。他于是醒来抱住我的身体。我说做了个噩梦。他在暗中缓缓摇头，说无非是梦罢了。梦来自过去，而非来自未来。它不会束缚你，是你在束缚梦。懂么？

懂,我说。但我缺乏自信。

最终,我和丈夫乘上了去南极的飞机。无论如何也找不出取消这次旅行的理由。飞机上的驾驶员和空姐都极其懒得开口说话。我想看窗外的景致,但云层太厚,茫无所见。飞行之间,机窗密密实实结了层冰。丈夫则一直默默看书。我心中没有那种旅行的兴奋和喜悦,只不过在老老实实履行事先作出的决定。

当迈下飞机舷梯,踏上南极大地时,我感到丈夫的身体剧烈摇晃了一下。由于其时间短暂得不足一瞬的二分之一,因此谁也没有察觉到,丈夫自己脸上也没显出一丝变化。我却看在眼里。丈夫体内有什么在急剧然而悄悄地摇颤起来。我静静地盯视他的侧脸。他伫立不动,望望天空,看看自己的手,喟然一声叹息,随后看着我的脸,动情地一笑,说,这就是你盼望的地方。是的,我说。

尽管有某种程度的预想,但南极还是比一切预想寂寥得多。这里几乎没有什么人居住,仅有一座平庸无奇的小镇,镇上有一座同样平庸无奇的旅店。南极毕竟不是旅游点。不见企鹅的踪影,极光也无从目睹。有时我问身旁走过的人哪里能看到企鹅,但他们只是默默摇头。他们听不懂我的话。我在纸上画出企鹅的模样,他们还是默默摇头。我感到孤独。出镇一步，四下就是冰的世界。无树，无花，无河，无湖，一切皆无。去哪里都只是冰。举目四望，冰野茫茫，横无际涯。

不过丈夫倒显得精力旺盛。他手指上挂着霜，用冰锥般的眼神凝视远处，不知疲惫地到处奔波不停。他很快学会了当地的话，用冰一样硬邦邦的声音同镇上的人们交谈。他们一本正经地一谈就是几个小时。至于他们到底说什么说得如此来劲，我全然不得而知。丈夫彻头彻尾迷上了这个地方。这里存在着一种使丈夫心醉神迷的东西。起始我因此而相当心烦意乱，很有沦落天涯之感，觉得丈夫背叛了自己，疏远了自己。

时过不久，我便在这坚冰覆盖的岑寂世界中失去了所有气力，一点点、一点点地，最后竟连烦躁的气力也荡然无存。我似乎失去了类似感觉罗盘样的东西。失去了方向，失去了时间，失去了自我存在的重量，而且不知始于何时终于何时。等我意识到时，我已在冰封世界中，在颜色尽失的永恒冬季里，被孤单麻木地封闭起来了。这点纵使在感觉丧失殆尽之后我也明白。**在南极的我的丈夫已不再是我往日的丈夫**。并非有什么地方不同。他一如既往地关心我体贴我，说话和和气气，而且我完全看得出这一切都发自他的内心。但同时我明白，冰男已不同于我在滑雪场旅馆里遇到的那个冰男，而这点我已不能向任何人倾诉。南极人无不对他怀有好感，且我的话他们一句也理解不了。他们全都口吐白气，脸上挂霜，全都用尖刺刺的南极语谈笑风生议论歌唱。我则始终一个人关在旅店房间里，眼望不知几个月才能转晴的灰色天宇，学习繁琐至极的南极语语法（我不可能记住）。

机场再也没有飞机。把我们运来的那架飞机迫不及待地飞离之后，再没有一架飞机着陆。跑道不久便被埋在坚硬的冰下，一如我的心。冬天来了，丈夫说，冬天长得很，飞机不来，船也不来，一切都彻底冻僵，看来我们只能等到开春了。

来南极大约三个月后，我发觉已有身孕。我知道，以后生下的将是个小冰男。我的子宫已经上冻，羊水里混有薄冰。我可以在腹中感觉出其凉度。我也知道婴儿想必有着他父亲那种冰锥一般的眼睛，手指同样挂霜，并且知道我们这新的一家再也不可能走出南极。永恒的过去、无奈的重负紧紧拖住了我们的脚，而我们无法将其甩掉。

如今的我几乎没有称之为心的东西留下来。我的体温已遁往遥远的地方，有时我甚至不记得曾有过的体温。但我总还算可以哭泣。我实在孤苦难耐。我所在的是世界上最寒冷最孤寂的场所。每次哭时，冰男便吻我的脸颊。于是我的眼泪变成冰粒。他将这泪之冰粒拿在手中，放在舌头上。嗯，他说，我爱你。这不是说谎，我也心中有数，冰男确实爱我。不料一股不知何处吹来的风，将他冻得白晶晶的话语不断向过去、向过去吹去。我哭了，冰泪涟涟而下，在这遥远而寒冷的南极，在冰的家中。

托尼瀑谷

托尼瀑谷的真名实姓就是托尼瀑谷。

因了这个姓名（户籍上的姓名当然为瀑谷托尼）和一张约略棱角分明的面孔，加上头发蜷曲，小时候他常被当成混血儿。时值战后不久，世上掺有一半美国兵血统的孩子相当之多，但实际他的父亲母亲都是地地道道的日本人。他父亲名叫瀑谷省三郎，战前就是小有名气的爵士长号手，不过太平洋战争开始前四年他就在女人身上惹出麻烦而不得不离开东京。既然离开就远离吧，索性拿起长号去了中国。当时从长崎乘船一天就到上海了。东京也好日本也好，他都没有怕损失的东西，所以也没什么好留恋的。况且总的说来，当时上海那座城市所提供的技巧性华丽更适合他的性格。他站在溯扬子江而上的轮船甲板上目睹在晨光中闪烁其辉的上海优美的市容——从那一刻开始瀑谷省三郎就无条件地喜爱上了这座城市,晨光看上去仿佛在向他许诺一个光明的未来。那时他二十一岁。

由此之故,从中日战争到突袭珍珠港以至扔原子弹,整个战乱动荡时期他都在上海的夜总会里悠然自得地吹长号。战争是在与他不相关的地方进行的。总之,瀑谷省三郎可以说全然不具有对于战争的认识和省察等等,只要能尽情吹长号,能大体保证一日三餐,能有若干女人围在身边,他就别无他求。

大多数人都喜欢他。年轻、富有男子气、乐器玩得精,去哪里都如雪地里的乌鸦一样引人注意。睡过的女人简直数不胜数。日本人、中国人、白俄、娼妇、人妻、美貌女子、不甚美貌的女子——他几乎随时随地都同女人大动干戈。瀑谷省三郎凭着无比甜美的长号音色和生机勃勃的硕大阳具,甚至跃升为当时上海的名人。

他还天生具有——本人并未怎么意识到——结交"有用"朋友的本事。他同陆军高官、中国大亨以及其他以种种莫名其妙的手段从战争中大发其财的威风八面的人物都有密切交往。他们大多是经常在衣服下面藏有手枪、从建筑物出来时迅速四下打量那类角色,而瀑谷省三郎却和他们格外的情投意合,并且他们也对他宠爱有加。每次出现什么问题，他们都慷慨地给他提供方便。对于那个时代的瀑谷省三郎来说，人生委实是一项得心应手的活计。

然而，如此不俗的本事有时也会触霉头。战争结束之后，他由于同一伙不三不四的人过从甚密而被中国军警盯住，关进监狱很长时间。同被收监的很多人都在未经正式受审的情况下一个接一个遭遇极刑——某一天毫无前兆地被拉到监狱院子里由自动手枪击中脑袋。行刑基本上在下午二时开始。"砰"一声极其沉闷的自动手枪声在监狱院子里回荡开来。

对于瀑谷省三郎来说那是最大的一场人生危机。生死之间不折不扣仅一发相隔。死本身并不那么可怕，子弹穿过头颅就算完事，痛苦仅一瞬之间。这以前自己活得随心所欲，女人也睡了可观的数目，好吃的吃了，该快活的快活了，对人生无甚遗憾，即使在此地被一下子干掉也无可抱怨。这场战争中日本人死了数百万，死得更惨的人也比比皆是。如此想通之后，他在单人牢房怡然自得地吹着口哨度日，日复一日地眼望小铁格窗外飘移的云絮，在满是污痕的墙壁上逐个推想出此前睡过的女人的面庞和肢体。但瀑谷省三郎最终还是成为得以从那所监狱中活着返回日本的两个日本人中的一个。

　　他形销骨立地只身回到日本是昭和二十一年[1]春天。回来一看，东京的自家房子已在前一年三月的大空袭中灰飞烟灭，父母也在那时死了，唯一的哥哥在缅甸前线下落不明。也就是说，瀑谷省三郎彻底成了孤家寡人，但他对此既没感到多么悲伤又没觉得多么难受，甚至连打击都谈不上。当然失落感是有的，不过归根结蒂，人总是要剩得孤身一人的。当时他年已三十，虽说孤身一人，还不是向谁发牢骚的年纪。他觉得好像一下子长了好几岁。如此而已。此外别无情感涌起。

　　是的，瀑谷省三郎不管怎样总算好端端活了下来。既然活下来，那么就必须为日后活下去开动脑筋。

　　无其他事可干，他就跟往日熟人打招呼，组成一个小小的爵士乐队，开始在美军基地巡回演奏。他利用天生善于交游的长处，同喜欢爵士乐的美军少校俨然成了朋友。少校是新泽西州出生的澳大利亚裔美国人，在单簧管上面他本事也相当了得，由于在供给部工作，可以将大凡需要的唱片随便从本国搞来。一有空闲时间两人就

---

[1]　一九四六年。

| 托尼瀑谷 |

一起演奏。他跑到少校宿舍,边喝啤酒边听鲍比·哈克特、杰克·蒂加登[1]、本尼·古德曼[2]等欢快的爵士乐唱片,拼命复制乐章。少校为他弄来了当时难以弄到的食品、牛奶和酒,要多少有多少。瀑谷省三郎心想,时代也并不坏么。

他结婚是昭和二十二年的事。对象是母亲方面一个远亲的女儿。一天上街突然碰上,边喝茶边打听亲戚的消息,谈了一些往事。之后两人开始来往,不久便水到渠成地——据推测大概是女方怀孕的缘故——一起生活起来。

至少托尼瀑谷从父亲口中是这样听来的。瀑谷省三郎爱妻子爱到什么程度,托尼瀑谷无由得知。据父亲说她是个漂亮文静的姑娘,但身体不是很好。

结婚第二年生了个男孩。孩子出生三天后母亲死了。一下子死了,一下子火化了。死得非常安静,干脆利落,堪称痛苦的痛苦也没有,倏然消失一般死了,就好像有人转去后面悄然关掉了开关。

1　Jack Teagarden(1905—1964),美国爵士乐长号演奏家,绰号"T先生"。
2　Benny Goodman(1909—1986),美国单簧管演奏家,爵士乐音乐家。

瀑谷省三郎自己也不清楚对此究竟有怎样的感受。这方面的感情他不熟悉，觉得似乎有什么单调的圆盘样的东西突然进入胸口，至于那是怎样一种物体、为什么在那里，他全然摸不着头脑。反正那东西一直在那里不动，阻止他更深地思考什么。这么着，瀑谷省三郎那以后一个星期几乎什么也没考虑，甚至连放在医院里的小孩也没想起。

少校设身处地地安慰他。两人天天在基地酒吧喝酒。"好么，你要坚强些才行，无论如何都要把孩子好好抚养成人！"少校极力劝他。他不知道少校到底说的什么，但还是默默点头，对方的好意他还是能理解的。随后少校忽然想起似的提出，如果可以的话，自己给孩子取个名字好了。是的，想来瀑谷省三郎连孩子的名字都还没取。

少校说就把自己的教名托尼作孩子的名字好了。托尼这个名字无论怎么看都不像日本孩儿的名字，但名字像不像这个疑问压根儿就没出现在少校脑海中。回到家后，瀑谷省三郎把"瀑谷托尼"这一名字写在纸上贴在墙上，一连看了几天。瀑谷托尼，不坏不坏，瀑谷省三郎想道。往后美国时代恐怕要持续一段时间，给儿子取个美式名字凡事或许方便。

然而，由于取了这么个名字，孩子在学校里被嘲笑为混血儿，一道出名字对方就露出莫名其妙或不无厌恶的神情。很多人都认为那类似恶作剧，甚至有人为之恼火。

也是由于这个关系，托尼瀑谷彻底成了自闭少年，没有像样的朋友。但他并不以此为苦。一人独处对他来说是极为自然的事，进一步说来，甚至是人生的某种前提。从懂事时起，父亲就不时领乐队去外地演奏，年幼时他由上门的保姆照料。但小学一上高年级，他便凡事都一个人处理了。一个人做饭、一个人锁门、一个人睡觉。也不觉得有多么寂寞。较之让别人这个那个一一照料，倒不如自己动手快活得多。瀑谷省三郎在妻子死后，不知为什么再没结婚。固然一如既往地结交众多女友，但把谁领进家门那样的事则一次也没有过。看样子他也和儿子一样习惯了一个人生活。父子关系也不像别人由此想象的那般疏远。不过，由于两人差不多同样深深地沉浸在习以为常的孤独世界中，双方都无意主动敞开心扉，也没觉出有那个必要。瀑谷省三郎不是适合做父亲的人，托尼瀑谷也不适合做儿子。

托尼瀑谷喜欢画画儿，天天关在房间独自画个没完，尤其喜欢画机械。铅笔削得针一样尖细，画自行车画收音机画发动机，画得细致入微纤毫无爽，那是他的拿手好戏。画花也把每条叶脉画得一丝不苟。无论谁说什么，他都只能用这样的画法。其他学科成绩稀松平常，唯独图画与美术始终出类拔萃，遇上比赛，十有八九拔得头筹。

这样，从高中出来后他进了美术大学（从上大学那年开始父子两人不约而同理所当然似的分开生活了），当插图画家纯属水到渠成，实际上也没必要考虑其他可能性。在周围青年男女困惑、摸索、烦恼的时间里，他不思不想不声不响地只管描绘精确的机械画。那是个年轻人身体力行地以暴力性反抗权威和体制的年代，所以四周几乎没有人对他画的极其实际性的画给予评价。美术大学的教员们看了他的画不由苦笑，同学们批评说缺乏思想性。而对于同学们笔下的"有思想性"的绘画，托尼瀑谷全然不能理解其价值何在。以他的眼光看，那些无非是半生不熟、丑陋不堪、阴差阳错的东西罢了。

及至大学毕业，情况完全变了。由于拥有极富实战性现实性实

| 托尼瀑谷 |

用性的技艺，托尼瀑谷一开始就不愁找不到工作，因为能毫厘不爽地描绘复杂机械和建筑物的人除他没有第二个，人们交口称赞说"比看实物还有实感"。他的画的确比照片还准确，比任何叙述性语言都易懂。一夜之间他成了炙手可热的插图画家。从汽车刊物封面到广告实例，大凡有关机械的绘画他无所不接，一来工作让他快乐，二来钱也可观。

同一时间里，瀑谷省三郎仍在悠悠然吹他的长号。进入摩登爵士时代也罢，自由爵士时代也罢，瀑谷省三郎依然故我地演奏旧时爵士。虽然不是一流演奏家，但名字相当卖座，总有活计可干。好吃的东西吃得着，女人也手到擒来。若以有无不满这一观点来看人生的话，则其人生堪称中上档次。

托尼瀑谷则一有时间就工作，加之对花钱兴致不大，到三十五岁时已成了蛮可以的有产者。他听人劝告，在世田谷买了大房子，用于出租的公寓也有了几套，均委托理财专家一手管理。

这以前托尼瀑谷结识了几个女人，年轻时还短时间同居过，但结婚从未考虑。他没怎么感觉出结婚的必要性，做饭也好打扫也好洗衣服也好全都一个人踢打，工作忙时找个合同制保姆即可。要孩子的念头从来不曾有过。能够商量什么或推心置腹的朋友也一个都没有，甚至一起喝酒的对象都无从谈起。话虽这么说，可他为人决不偏执。尽管不如父亲那般和蔼可亲，但日常当中还是能够极为常规地同周围人打交道的。不拿派头，不自吹，不文过饰非，不说别人坏话。较之讲自己，更喜听别人说。所以，周围大多数人都喜欢他。然而他同任何人都结不下超越现实层次的人际关系，同父亲也是两三年有事才见一次面，见了面谈完事两人也没有更多的话要说。托尼瀑谷的人生便是这样平静而徐缓地流逝着，我以为日后他恐怕不会结婚了。

不料托尼瀑谷突然坠入情网了。对方是来他事务所取插图原稿的出版社打工女孩，二十二岁，在他事务所时嘴角始终漾出娴静的微笑。长相给人的感觉固然极妙，但算不得出众的美人。然而她身上有什么东西强烈地叩击着他的心，几乎第一眼看到时他就觉得胸口闷得透不过气。至于她身上到底有什么那般强烈地叩击他的心，他自己也不清不楚，就算清楚也不是语言所能说明的——便是那种性质的什么。

继而吸引他的是姑娘的衣着。原本他对时装无特殊兴趣，也并非——留意女人身上衣着那种人。但那姑娘一身舒心惬意的打扮，令他大为折服，甚至不妨称为感动。单单衣着得体的女人自然为数不少，自我炫耀似地穿红戴绿的女人数量就更多，但是她同那类女人有天壤之别。她穿得十分自然十分优美，宛如一只即将展翅飞向遥远世界的小鸟裹带着一身特殊的风，衣服也仿佛由于裹在她身上而获得新的生命。

女孩道声"谢谢"接过原稿走后，他好半天瞠目结舌，什么也做不成，只管茫然坐在桌前，直到暮色降临，房间彻底一团漆黑。

第二天他往出版社打去电话，勉强编造了一件事，求她务必来自己事务所一趟。事情完了，他邀她吃午饭。两人边吃边聊。尽管年龄相差十五岁之多，却聊得异常投机，不管说什么都合拍合辙。这样的体验无论对他还是对她都是初次。刚开始她有些紧张，但渐渐放松下来，开心地笑，开心地说。告别时托尼瀑谷夸她的衣着什么时候看都赏心悦目，她不无腼腆地微微一笑，说她喜欢衣服，工资差不多都花在买衣服上了。

其后也约会了几次。倒也不是特意去哪里，两人只是找个幽静地方坐着聊个没完。相互聊身世，聊工作，聊对各种事物的感觉和想法，百聊不厌，就像要填补空白似的。第五次见面时他求了婚。但她有个从高中时代开始交往的恋人，随着岁月的推移，两人关系已不再融洽，如今每次相见都为无聊小事吵嘴，还是同托尼瀑谷在一起愉快。虽说如此，毕竟不好马上同恋人一刀两断，她自有她的想法。何况托尼瀑谷和她相差十五岁，她还年轻，缺少人生经验，难以预估十五岁这个年龄差将来意味什么。她说让她稍微考虑一下。

在她考虑的时间里，托尼瀑谷每天独斟独饮。工作干不下去，孤独陡然变成重负把他压倒，让他苦闷。他想，孤独如同牢狱，只不过以前没有察觉罢了。他以绝望的目光持续望着围拢自己的坚实而冰冷的墙壁。假如她说不想结婚，他很可能就这样死掉。

他找到姑娘，详细说了这番感受。说自己的人生是何等孤独，说迄今为止失却了多少东西，说是她让自己觉察到了这点。

她是个聪明的姑娘。她喜欢上了托尼瀑谷这个人，一开始就有好感，而且越见面越喜欢。至于能否称之为爱，她不清楚，但她感觉出他身上有某种美好的东西，心想同这个人结合自己应该能幸

| 托尼瀑谷 |

福。于是两人结婚了。

  托尼瀑谷的人生孤独期画上了句号。早上睁开眼睛就找她,见她睡在身边就舒了口气,见不到她就一阵不安,满房子找来找去。不孤独对于他来说成了不无奇妙的状况——他因不再孤独而陷入一旦重新孤独将如何是好的惶恐之中。他不时想到这点,每次都吓出一身冷汗。这种惶恐在婚后持续了三个多月,但随着对新生活的习惯,随着她突然消失的可能性的渐次减少,惶恐感慢慢淡薄了。他终于放下心来,沉浸在安稳的幸福中。

  两人一同去听过一次瀑谷省三郎的演奏。她想知道公公演奏什么音乐。"我们去听的话,你父亲会不会介意呢?"她问。"不至于吧。"他回答。于是两人去了瀑谷省三郎在那里演奏的银座。除了小时候,托尼瀑谷这还是第一次去听父亲的演奏。全都是他小时经常在唱机中听到的曲目。父亲的演奏十分流畅、高雅而又甜美。那并非艺术,但那是一流专业乐手巧妙制作的、足以让听众心旷神怡的音乐。托尼瀑谷一面一杯接一杯喝酒——这在他是很少见的——一面侧耳倾听。

不料听着听着，音乐中有什么让他窒息，让他坐立不安。他觉得那音乐似乎同其记忆中的父亲往日演奏多少有所区别。那自然是很早以前的事了，何况是小孩子的耳朵，然而他还是觉得那个区别很重要。或许微乎其微，却又非同小可。他恨不得跳上台抓住父亲手腕问到底那个区别是什么。当然他没有那样做。他一声不响地喝着对了水的酒，一直听到演奏结束，然后同妻一齐拍手，回家。

没有任何东西给两人的婚姻生活投下阴影。工作上他依然一帆风顺，两人从不吵嘴。经常一起散步，一起看电影，一起旅行。虽说她年轻，但作为主妇相当能干，什么事情都处理得恰到好处。家务井井有条，不让丈夫分心。唯有一件事让托尼瀑谷难以释怀，那就是妻买衣服委实买得太多了。一看见衣服，可以说她就完全失去了自控力。刹那间神色一变，甚至语声都不一样了，以致一开始他觉得是不是她身体突然出了毛病。固然婚前他就注意到了这一倾向，而其变本加厉则是在去欧洲新婚旅行期间。途中她大买特买，简直令人目瞪口呆。在米兰和巴黎，她走火入魔般地从早到晚逛时装店。两人哪里也没去看，就连巴黎圣母院和卢浮宫都没去。旅行方面只有关于时装店的记忆。华伦天奴、米索尼、圣罗兰、纪梵希、菲拉格慕、阿玛尼、切瑞蒂、奇安弗兰科·费雷……妻只知道以如醉如痴的眼神一件接一件买个不停，而他则尾随其后一个劲儿付款，真有些担心信用卡磁条会磨光。

返回日本烧也没退，日复一日买个不止。衣服数量急剧增多，不得不定做几个大立柜，还特意做了专门放鞋的多层柜。但还是不够用，只好把一个房间整个改造成衣帽间。反正房子大，房间绰绰有余，钱也不成问题，再说妻十分会打扮，只要有新衣服，她就一副乐开怀的样子，所以他决意不抱怨。有什么不好的呢，毕竟世界上没有完人。

可是，在妻的衣服多得一个房间都装不下之后，他到底不安起来。一次妻不在的时候，他数了数衣服件数。依他的计算，就算一天更衣两回，全部穿完也差不多要两年时间。不管怎么说作为数量已多得过分了，必须适可而止。

一天吃完晚饭，他一咬牙说出口来。"买衣服多少控制一些好么？"他说，"我倒不是仅仅说钱的问题。需要的东西随便你怎么买，况且你漂亮我也高兴。问题是买这么多高档衣服有必要吗？"

妻低头沉吟片刻，说了这么一番话。"你说的一点不错，这么多衣服是大可不必,这点我也明明白白,问题是明白道理也没有用。"她说,"一有漂亮衣服摆在眼前,我就不能不买。至于有必要没必要、数量多还是少,那根本不是考虑对象。只是想买,欲罢不能,简直中毒了似的。"

不过她许诺一定设法从中挣脱出来,"再这么继续下去,家里很快全是衣服了。"为了不看见新衣服,她在家里老老实实待了一个星期。可是这样一来,感觉上自己好像变成了空壳,好像在空气稀薄的行星上行走。她天天走进衣帽间,把自己的衣服一件一件拿在手上欣赏。摸质地,嗅气味,穿上站在镜前,百看不厌,而且越看越想新衣服,一想就想得忍无可忍。

单单是忍无可忍。

但是她深爱甚至尊敬丈夫,认为丈夫说的的确有理。这么多衣服毫无必要,毕竟身体只有一个。她给常去的时装店打电话,问店长能否把十天前刚买的、还没上身的外套和连衣裙退回去。对方说可以,只要送来,收回就是。她是百里挑一的大主顾,这点要求还是可以通融的。她把外套和连衣裙装上车开去青山,在时装店退了回去,将信用卡上的支出额取消。她道谢出门,尽量不左顾右盼,

| 托尼瀑谷 |

赶紧上车,沿国道 246 号径直回家。她觉得自己的身体因退还衣服而轻快起来。是的,那些东西是没必要,她自言自语道,我已经有了多得到死都穿不完的外套和连衣裙。她把车停在十字路口最前面等信号灯的时间里,脑袋里一直在想那些外套和连衣裙。什么颜色什么款式什么手感——她无不记得一清二楚,简直历历在目。她感觉到额头沁出汗来。她把两个臂肘挂在方向盘上,深深吸了口气,闭上眼睛。及至睁开眼睛,信号灯业已变绿。她像被弹起一般使劲一踩油门。

这当儿,一辆强闯黄色信号灯的大卡车从旁边以全速撞上了她驾驶的蓝色雷诺的车头——她甚至没来得及感觉到什么。

留给托尼瀑谷的只有满满一房间 7 号尺寸的时装山。光鞋就差不多有两百双。究竟如何处理好呢?他完全摸不着头脑,却又不愿意老是这么对着妻曾经穿戴过的东西。于是叫来有关商贩,以对方的开价把饰物什么的令其拿走了事。长筒袜和内衣之类,归拢起来用院里的焚烧炉烧了。唯独衣服和鞋实在太多了,只好放着不动。妻的葬礼结束后,他独自闷在衣装室里,从早到晚打量排列得密密麻麻的衣服。

葬礼过后十天，托尼瀑谷在报纸上登了一条招聘女助手的广告：衣服尺寸7号、身高161厘米左右、鞋号22，高薪优待。由于他给的薪金高得可谓破格，共有十三名女性来他位于南青山的工作室兼事务所接受面试。其中五人显然隐瞒了尺寸，他从其余八人里边挑了一名同妻体型最为相近的女性。是一位长相并无特征可言的二十五六岁女子，身穿一件朴朴素素的白衬衣，一条蓝色紧身裙，衣服和鞋都够整洁，但细看之下，多少有些穿用过度。

托尼瀑谷对女子交代说："工作本身没什么难的，每天九点到五点在事务所上班，接接电话，替我送稿、取资料、复印东西就可以了。但有一个条件——其实我刚刚丧妻，妻的衣服很多很多剩在家里，几乎全是新的或相当于新的。希望你在这儿工作时间里当工作服来穿。所以才把衣服号码和鞋码作为录用条件。这话听起来难免觉得莫名其妙，你肯定感到有点蹊跷，这我心里完全清楚。但我没别的意思，无非需要时间来习惯妻不在这一事实罢了。就是说，我必须一点一点调整我四周空气压力那样的东西。需要这样的阶段。这期间希望你穿妻的衣服待在身边，这样，我就可以将妻已不在人

| 托尼瀑谷 |

世这一状况作为实际感受来把握。"

　　女子咬着嘴唇就这个离奇的条件飞快地转动脑筋。事情确实荒唐。实际上她还没能摸清托尼瀑谷的话的来龙去脉。太太新近去世明白了，她留下很多衣服明白了，却无法理解为什么偏要自己穿那衣服在他眼前工作。一般来说，里面该有什么名堂才是。可是这个人又不像坏人，女子思忖，这点听其谈话即可了然。或者失去太太一事致使他哪根神经出了故障也未可知，不过看上去并非因此而加害于人那一类型。何况自己无论如何也必须工作了。已连续找了几个月，下个月失业保险到期，那一来公寓的租金就很难支付了。肯出如此高薪的地方往后恐怕再找不出第二处。

　　"明白了。"她说，"具体情由我倒不清楚，但我想自己大概可以按您所说的去做。只是，让我先看看那衣服好么？号码是不是真合适要试一试才行。"托尼瀑谷答道那自然。于是他把女子领到家里，让她看了满满一房间衣服。除了商店，女子从来不曾见过这么多衣服集中在同一场所，并且件件是高档货，一看就知道价格不菲，品位也无可挑剔。简直令人头晕目眩。她喘气都有些吃力了，胸口无谓地怦怦直跳。颇有些类似性高潮，她觉得。

托尼瀑谷让她试试尺寸，说罢出门，把她留在那里。她恢复情绪，试穿了几件身旁的衣服，鞋也穿了穿。衣服也好鞋也好，简直就像为她做的一样正相合适。她把衣服一件又一件捧在手中端详，用指尖摸，闻气味。数百件漂亮衣服齐刷刷地排列在那里。随后，她眼里闪出了泪花。不容她不哭。泪珠一颗接一颗涟涟而下，收勒不住。她身穿去世女子留下的衣服，静静地吞声抽泣不止。一会儿，托尼瀑谷来看情况，问她干嘛哭了。"不晓得，"她摇头回答，"以前从没见过这么多漂亮衣服，怕是因此不知所措了，对不起。"说着，用手帕揩去眼泪。

"如你愿意，明天就请来事务所好么？"托尼瀑谷以事务性的声音说道，"先挑一个星期用的衣服和鞋带回去。"

女子花时间挑了六天量的衣服，又选出与衣服相配的鞋，放进手提衣箱。"天冷了，别冻着，大衣也带回去吧。"托尼瀑谷说。她选了一件看上去很保暖的灰色开司米大衣，轻如羽毛。有生以来她还是第一次接触这么轻的大衣。

女子回去后，托尼瀑谷走进妻的衣装室，关上门，怅怅地看了好一阵子妻剩下的衣服。那女子怎么看见衣服就哭了呢？他无法理解。衣服看起来仿佛是妻留下的身影。她的 7 号影子重重叠叠排了好几排挂在衣架上,就好像把人这一存在所包含的无限(至少理论上是无限的)可能性的样品聚拢了几种悬垂在那里。

曾几何时,这些影子附着于妻的肢体,被赋予温暖的呼吸,同妻朝夕相处。然而此刻他眼前的一切已然失去生命实体,无非一刻刻干枯下去的凄凄然的影群而已。半旧不新,毫无意义可言。看着看着,他呼吸渐渐困难,种种颜色宛如花粉轻轻飞舞,钻入他的眼睛耳朵鼻孔。极尽奢侈的饰边、纽扣、肩章饰物、饰袋、蕾丝、腰带使房间的空气变得异常稀薄。绰绰有余的防虫剂气味犹如无数微小的飞蛾在发出无声的声响。蓦地,他意识到自己现在是在憎恶这些衣服。他背靠着墙,抱臂闭起眼睛。孤独如温吞吞的墨汁再次将他浸入其中。一切都已结束了,他想,再怎么努力也无可挽回了。

他给女子家打去电话,告诉她希望她把工作的事忘掉,工作已经没有了,并表示歉意。女子惊问究竟何故。他说对不起情况变了,"你拿回去的鞋和衣服全部奉送,衣箱也一并送你。所以希望你忘掉此事,跟任何人都不要提起。"女子全然闹不清怎么回事,但交谈时间里她也懒得再追问下去了，遂说了句"明白了"放下电话。

事后她为托尼瀑谷气恼了好一阵子，但渐渐觉得归根结蒂恐怕还是这样好些。事情本来就有些莫名其妙。工作没了诚然遗憾，不过总有办法可想。

她把从托尼瀑谷家拿来的几件衣服一件一件整齐展开，挂进立柜。鞋收入鞋柜。同这些新来者相比，眼前原有的衣服和鞋寒伧得叫人不敢相信，简直就像用截然有别的材料做成的种类完全不同的物件。她脱下面试时穿的衣服挂上衣架，换上蓝牛仔裤和运动衫，从电冰箱里拿出罐装啤酒坐在地板上喝着。想起托尼瀑谷家那些堆积如山的时装，她不由叹息一声。那么多漂亮衣服！衣帽间比自己住的公寓房间还大。买那么多衣服，肯定花掉了惊人的钱款和时间。可那个人已经死了，留下整整一房间7号衣服死了。她想，留下那么多高级衣服死去会是怎样一种心情呢？

她的朋友都清楚她很穷，因此发现她每次见面都穿不同的新衣服，无不大为惊讶。毕竟每一件都是昂贵而洗练的名牌。于是问她那些衣服究竟从何而来。她说有约在先不能解释，说罢摇了下头。

"况且即使解释你们也肯定不会相信。"她说。

最终,托尼瀑谷叫来旧衣商,将妻留下的衣服变卖一空。不值多少钱。但这怎么都无所谓的,作为他只是希望一件不剩地拿走,拿去自己眼睛再也接触不到的地方,哪怕白给。

很长时间里,他就让变得空空荡荡的衣装室原封不动地空在那里。

他有时进入那个房间,也不做什么,只是怔怔地发呆,一两个小时坐在地板上木然盯视墙壁。那里有死者的影子的影子。但随着岁月的流逝,他已无从记起那里曾经存在过的东西了,关于颜色和气味的记忆也在不觉之间荡然无存,甚至一度怀有的那般鲜活的感情也一步步退往记忆的围墙之外。记忆如随风摇曳的雾霭缓缓变形,每变形一次就变淡一次,成为影子的影子的影子,那里所能触知的仅有曾经存在过的物体所留下的欠缺感。有时候就连妻的面容也无法真切记起。然而,他竟不时想起曾在衣装室里面对妻留下的衣服流泪的那个素不相识的女子,想起女子那没有特征的面庞和疲惫的漆皮鞋。女子沉静的呜咽声也在记忆中复苏了。他并不愿意想起这些,可它还是在不知不觉间浮上脑际。即便一切忘光之后,那名字都没记住的女子也还是无法忘记，事情也真是奇妙。

　　妻死后两年，瀑谷省三郎患肝癌死了。就癌症来说他没怎么遭受痛苦，住院时间也短，几乎像熟睡一样死去了。在这个意义上，他至死都是受好运关照的人。除了一点点现金和股票，瀑谷省三郎没留下堪称财产的财产。身后留下的，不外乎作为纪念物的乐器及其收藏的数量极为可观的旧爵士乐唱片。托尼瀑谷把唱片原样留在邮递公司的纸壳箱里，堆在空空荡荡的衣装室地板上。唱片容易发霉，他必须定期开窗换空气，也只有这个时候他才迈进那个房间。

　　如此过去了一年。渐渐地，家里拥有这么一大堆唱片开始让他厌烦起来，光是想一想那里堆着唱片，有时他都感到透不过气，甚至夜半醒来再也无法成眠。记忆扑朔迷离。然而唱片依旧以其应有的重量堆在那里安然无恙。

　　他叫来旧唱片商讲了讲价。由于有不少早已绝版的珍贵唱片，价钱相当不俗，差不多够买一辆小轿车。不过对他来说，这也是怎么都无所谓的事。

　　一大堆唱片彻底消失之后，托尼瀑谷这回真正成了孤身一人。

第七位男士

"那道浪要把我抓走的事,发生在我十岁那年九月间一个下午。"第七位男士以沉静的语音开始讲道。

他是那天晚上讲故事的最后一位。时针已转过夜间十点。人们在房间里围坐一圈,可以从外面的黑暗中听到向西刮去的风声。风摇颤着院里的树叶,"咔嗒咔嗒"急切切地震动着窗上的玻璃,然后带着吹哨般尖利的声响刮往什么地方去了。

"那是一种特殊的、从未见过的巨浪。"男士继续道,"浪没能把我捉走——只差一点点——但浪吞掉了对我来说最为珍贵的东西,把它带往另一世界。而到重新找回它,已经历了漫长的岁月,无可挽回的、漫长而宝贵的岁月。"

第七位男士五十五六岁光景,瘦削,高个儿,蓄着唇须,右眼侧有一道像小刀扎的细小然而很深的伤疤。头发很短，星星点点掺杂着硬撅撅的白发。脸上带着人们难以启齿时常有的表情，但那表情同他的脸庞甚为协调，仿佛很早以前就在那里了。他身穿灰色粗花呢上衣，里边套一件朴素的蓝衬衫，手不时摸一下衬衫领口。谁都不知道他的名字，干什么的也无人知晓。

第七位男士随后低声清清嗓子，将自己的话语沉入短暂的缄默。人们一声不响地等待下文。

"**就我来说**，那就是浪。至于对大家来说是什么，我当然不得而知。但对于我，**碰巧**就是浪。一天，它突然——没有任何前兆——作为巨浪在我面前现出致命的形体。"

"我是在 S 县海边一个镇上长大的。镇很小，在此道出名字，估计诸位也闻所未闻。父亲在那里当执业医师，我度过了大体无忧无虑的儿童时代。我有一个自从懂事起就来往密切的要好朋友，名字叫 K。他就住在我家附近，比我低一年级。我们一块儿上学，放学回来也总是两人一块儿玩儿，可以说亲如兄弟。交往时间虽长，但一次架也没吵过。其实我有个同胞哥哥，但由于年龄相差六岁，很难沟通，而且说实话性情上不怎么合得来。这样，较之自己的亲哥哥，我更对这个朋友怀有骨肉亲情。

"K长得又瘦又白，眉清目秀，简直像个女孩，但语言有障碍，很难开口讲话。不了解他的人见了，很可能以为他智力有问题。身体也弱，因此无论在学校还是回家玩的时候，我都处于监护人的位置。相对说来，我长得高大些，又擅长体育运动，被大家高看一眼。我之所以愿意和K在一起，首先是因为他有一颗温柔美好的心。虽说智力绝无问题，但由于语言障碍的关系，学习成绩不大理想，能跟上课就算不错了。不过画画好得出奇，拿起铅笔和颜料连老师都为之咂舌。画得活灵活现，充满生机，好几次在比赛中获奖受表扬。就那样发展下去，我想很可能作为画家成名。他喜欢画风景画，去附近海边看海写生从不生厌。我时常坐在一旁看他笔尖飞快而准确的动作。一张白纸居然一瞬之间便生出那般栩栩如生的形体和色彩——我深感佩服，惊讶不已。如今想来，那怕是一种纯粹的才华。

"那年九月，我们住的地方来了一场强台风。据广播预报，是近十年来最厉害的台风。为此，学校很早就决定停课了，镇里所有店铺都严严实实落下了卷闸门。父亲和哥哥拿着铁锤和钉盒,一大早就开始钉房前屋后的木板套窗。母亲在厨房里忙着准备应急饭团。瓶和水筒都灌满了水,大家还分别把贵重物品放进背囊,以便去哪里避难。对大人们来说,每年都来的台风又麻烦又危险,而对于远离具体现实的我们小孩子来说,那不过是一场类似欢天喜地的大热闹罢了。

"偏午,天空颜色开始急剧变化,像有一种非现实性色调掺杂进来。风声大作,'啪啦啦'的声音干巴巴的,就像猛扔沙子似的,甚是奇妙。我走到檐廊上观望天空的这般模样,直到骤雨袭来。在闭上木板套窗的漆黑漆黑的屋子里,我们全家聚在一处侧耳细听广播里的新闻。雨量虽说不大,但台风造成的灾害非同一般,许多房屋被掀掉顶盖,船翻了好几只,还有几人被飞来的重物打死或打成重伤,播音员一再提醒绝对不要出门。房子也被台风刮得不时吱呀作响,活像有一双大手摇晃它似的。时而'砰'一声传来重物砸窗的巨响。父亲说大概是谁家房瓦飞了过来。我们把母亲做的饭团和玉子烧当午饭吃了,耳听广播新闻,静等台风通过这里撤往别处。

"可是,台风偏偏不肯撤离。广播里说,台风从在 S 县东部登陆时起就一下子放慢了速度，现在正以人们跑步般的缓慢速度朝东北方向移动。风仍然不依不饶地发出骇人的吼声，力图将地表上的一切吹去天涯海角。

"大约刮了一个小时，风终于偃旗息鼓。意识到时，四周已一片寂静，无声无息，从什么地方甚至还传来了鸟鸣。父亲把木板套窗悄然打开一部分，从缝隙里往外窥看。风息了，雨停了，厚厚的灰色云层在上空缓缓飘移，湛蓝的天穹从云缝间点点探出脸来。院里的树木淋得湿漉漉的，雨珠从枝头滴滴落下。

"'我们正在台风眼里。'父亲告诉我，'这种寂静要持续一会儿。台风就像要歇口气，持续十五分到二十分钟，然后卷土重来。'

"我问能不能出去，父亲说散散步没关系，只要不往远去。'哪怕开始刮一点小风，也得马上返回！'

"我走到门外，四下张望。根本无法相信就在几分钟前还飞沙走石来着。我抬头看天，天空仿佛飘着一个巨大的台风'眼'，冷冰冰地俯视着我们。当然哪里也没有那样的眼，我们只是处于气压漩涡中心形成的短暂的寂静之中。

"大人们忙于查看房子受损情况的时间里,我一个人往海岸那边走去。家家户户的树木都有许多枝条被吹折刮断,在路上横躺竖卧。有的松树枝大得一个大人怕都搬不动。粉身碎骨的瓦片到处都是。汽车玻璃挨了石击,裂出一条大纹。就连谁家的狗窝棚也给刮到了路上。那情形,俨然天空伸下一只大手,将地面来个斩草除根。正走着,K看到我,也跑了出来。K问我去哪儿,我说去看一下海。K没再说什么便跟在我后头。K家有一条小白狗,狗也尾随着我们。'哪怕有一点小风吹来,也要马上回家的哟!'听我这么说,K默默点头。

"从家门走出两百来米就是海。有一道像当时的我那么高的防波堤,我们爬上堤阶来到海岸。每天我们都一起来海岸玩耍,这一带海的情况我们无所不晓。但在这台风眼当中,一切看上去都跟平时有所不同。天的颜色、海的色调、浪的声响、潮的气味、景的铺展——大凡关于海的一切都不一样。我们在防波堤上坐了一会儿,不声不响地观望眼前景象。尽管处于台风正中,浪却安静得出奇。波浪拍打的边际线比往常退后了好多,白色的沙滩在我们眼前平坦坦地舒展开去。即使落潮时潮水也退不到那个程度。沙滩看上去是那样空旷，俨然搬光家具的大房间。岸边有形形色色的漂流物冲上来，如一条带子排成一列。

"我走下防波堤，一边留神四下的变化一边在露出的沙滩上走动，仔细察看散落在那里的东西：塑料玩具、拖鞋、大约原是家具一部分的木条、衣服、少见的瓶子、写有外语字样的木箱，以及其他莫名其妙的东西，它们散落得到处都是，就像粗糙点铺的店面，料想是台风下的巨浪把它们从极远的地方运来这里的。每发现什么稀罕物，我们便拿在手上细瞧细看。K 的狗摇着尾巴凑到我们身旁，'呼哧呼哧'一个个闻我们手上东西的气味。

"在那里大约待了五分钟——我想也就那样。不料蓦然意识到时，浪已经赶到了我们眼前的沙滩。浪无声无息神不知鬼不觉地把光滑的舌尖轻轻伸到距我们脚前极近的地方。我们根本没有料到浪竟转眼之间偷袭到了跟前。我生在长在海边，虽是小孩子也晓得海的厉害，晓得海有时会露出何等不可预测的凶相。所以，我们总是小心翼翼地待在远离海浪扑打的估计安全的地带。然而浪已不觉之间来到距我们站立位置十来厘米的地方，之后又悄无声息地退去，再也没有返回。赶来的浪本身绝非不安稳的那种。浪四平八稳，轻轻冲洗着沙滩,然而其中潜伏的某种凶多吉少的东西就好像爬到身上的虫子,刹那间让我脊背发冷变僵。那是无端的恐怖,却又是真正的恐怖。我凭直觉看出那东西是活的。不错,**那波浪确实是有生命的!** 浪准确无误地捕捉我的身姿,即将把我收入掌中,一如庞大的肉食兽紧紧盯住我,正在草原的什么地方屏息敛气地做着以其尖牙利齿把我撕烂咬碎的美梦。我只有一个念头:**逃!**

"我朝K喊一声'走啦!'他在距我十米远的地方背对着我弯腰看什么。我想我喊的声音很大,但看情形K没有听到,或者正看自己发现的东西看得出神,以致我的喊声未能入耳。K是有这个特点的,很容易一下子迷上什么,对周围情况不管不顾。也可能我的喊声并不像我想的那么大,我清楚地记得那听起来不像自己的语声,更像别的什么人的声音。

"就在那时,我听得吼声响起,天摇地动的怒吼。不,在吼声之前我听到了别的声响,仿佛很多水从洞口涌出的那种**咕嘟咕嘟**的不可思议的动静。**咕嘟咕嘟**声持续片刻刚一收敛,这回传来了类似**轰隆隆**轰鸣声的令人毛骨悚然的吼叫。然而K还是头也不抬,一动不动地弯腰看着脚下的什么,全神贯注。K应该没有听见那吼叫声。我不知道那天崩地裂般的巨响为什么就没传入他的耳朵，或者听见那声音的仅我自己亦未可知。说来也怪，那大概是只能我一个人听到的特殊轰鸣。因为，我旁边的狗也像是无动于衷似的。本来狗这东西——众所周知——是对声音格外敏感的动物。

"我想快步跑过去拉起 K 跑开，除此别无他法。我**知道**浪即将来临，K 不知道。不料等我回过神时，我的腿却背离我的**意愿**，朝完全相反的方向跑去。**我一个人朝防波堤奔逃**！促使我这样做的，我想恐怕是实在令人心惊胆战的恐怖。恐怖剥夺了我的声音，让我的腿擅自行动。我连滚带爬穿过柔软的沙滩，跑上防波堤，从那里朝 K 大喊：'危险，浪来了！'

"喊声这回是从我口中发出的。注意到时，轰鸣声已不知何时消失了。K 也终于察觉到了我的喊声，抬起脸来。然而为时已晚。那当儿，一道巨浪如蛇一般高高扬起镰刀形脖颈，朝着海岸扑下来。有生以来我还是头一次看见那么来势凶猛的海浪。足有三层楼高，几乎不声不响地（至少我没有声响的记忆。在我的记忆中，浪是在无声中袭来的）在 K 的身后凌空卷起。K 以不明所以的神情往我这边注视片刻，之后突然若有所觉，回头看去。他想逃。但已根本逃不成了，下一瞬间浪便将他一口吞没，他就好像迎面撞上了全速奔来的毫不留情的火车头。

"浪怒吼着崩塌下来，气势汹汹地击打沙滩，爆炸一般四下溅开，又从天而降，朝我所在的防波堤劈头压下。好在我藏在防波堤背后，躲了过去，只不过被越过防波堤飞来的水沫打湿了衣服。随后我赶紧爬上防波堤往海岸望去。只见浪掉过头来，一路狂叫着急速往海湾退去，俨然有人在大地尽头拼命拉一张巨大的地毯。我凝目细看，但哪里也不见K的身影。狗也不见了。浪一口气退得很远很远，几乎让人觉得海水即将干涸、海底即将整个露出。我独自站在防波堤上一动不动。

"寂静重新返回。近乎绝望的寂静，仿佛声音统统被强行拧掉了。浪把K吞进肚里，远远地去了哪里。我不知道下一步如何是好。想下到沙滩，说不定K被埋在了沙子里……但我当即改变了主意，就那样留在防波堤没动——经验告诉我，依着巨浪的习性，它还会来第二次第三次。

"我想不起过去了多长时间。估计时间不很长，至多十秒二十秒。总之，在令人心怵的空白过后，海浪不出所料再次返回海岸。

轰鸣声一如刚才,震得地面发颤。声音消失不久,巨浪便高高扬起镰刀形脖颈汹涌扑来,同第一次一模一样。它遮天蔽日,如一面坚不可摧的岩壁横在我面前。但这次我哪里也没逃。我一动不动地伫立在防波堤上盯视巨浪袭来,恍惚觉得在K被卷走的现在,逃也无济于事了,或者莫如说我可能在雷霆万钧的恐怖面前吓得动弹不得了。究竟如何,我已记不清楚了。

"第二次海浪之大不亚于第一次。不,第二次更大。它简直就像砖砌的城墙倒塌一般慢慢扭曲变形,朝我头顶倾压过来。由于实在太大了,看上去已不是现实的海浪,而像是以海浪形式出现的别的东西,像是来自远方另一世界的**以海浪形式出现的别的什么**。我下定决心等待着黑暗抓走自己的一瞬间,连眼睛也没闭。我清楚地记得当时自己的心跳声就在耳边。不料浪头来到我跟前时竟像力气耗尽了似的突然失去威风,一下子悬在半空中一动不动。的确仅仅是转瞬之间,浪头就那么以摇摇欲坠的姿势在那里**戛然而止**,而我在浪尖中、在透明而残忍的浪的舌尖中真真切切看到了K。

"诸位或许不相信我的话,要是这样怕也是没办法的事。老实说,就连我自己——即使现在——也想不通何以出现那么一幕,当然也就无法解释了。但那既非幻觉又非错觉,的的确确实有其事。K 的身体活像被封在透明胶囊里似的整个横浮在浪尖上。不仅如此,他还从那里朝我**笑**。就在我眼前,就在伸手可触的地方,我看到了刚才被巨浪吞没的好朋友的面孔。千真万确,他是在朝我笑。而且不是普通的笑法。K 的嘴张得很大,险些咧到耳根,一对冷冰冰僵硬硬的眸子定定地对着我。他把右手向我这边伸出,就好像要抓住我的手把我拽到**那边世界**里去。就差一点点他的手就能抓到我了。继而,K 再次大大地咧嘴一笑。

"我大概就是在那时失去知觉的,醒过来时已躺在父亲医院的床上了。我一睁开眼睛,护士就去叫父亲,父亲立即跑来。父亲拉着我的手摸脉搏,看瞳孔,手放在额头上试体温。我想抬一下手,但怎么都抬不起来。身体火烧一样发烫,脑袋神志不清,什么都思考不成。看来我已高烧了很久。父亲说我整整躺了三天三夜。从稍离开些的地方把一切看在眼里的一个住在附近的人抱起晕倒的我,送到家里。父亲说 K 被海浪卷走后还没有下落。我想对父亲说什么,觉得必须说点什么,然而舌头胀鼓鼓地发麻,说不出话来,感觉上就像有什么别的生物赖在我口腔里不走。父亲问我的名字,我努力想自己的名字，没等想起便再次失去知觉，沉入昏暗之中。

"结果，我在病床上躺了一个星期，吃了一星期流质，吐了好几次，魇住了好几次。听说那时间里父亲真的担心起来，担心我的意识因严重休克和高烧而永远无法恢复，事实上我也处于即使那样也无足为奇的非常状态。但肉体上我好歹恢复过来了，几星期过后，我回到往日的生活当中，正常吃饭，也能上学了。当然并不是说一切都已恢复原状。

"K的遗体最后也未能找到，同时被卷走的狗的尸体也无处可寻。在那一带海里淹死的人，大多被海潮冲往东面一个小海湾，没几天便被打捞上岸来，唯独K的尸体不知去向。大概当时台风中的海浪实在太大了，一直冲到海湾里边，无法接近海岸。有可能深深沉入海底，葬身鱼腹。K遗体的搜索由于得到附近渔民的协助，持续了相当一段时间，但后来还是不了了之。关键的遗体没有找见，葬礼直到最后也没举行。自那以来K的父母几乎神经错乱了，天天漫无目的地在海边转来转去，不然就闷在家里念经。

"尽管遭受了那么大的打击，但K的父母一次也没有为正刮台风时我把K领去海岸的事埋怨过我，因为他们完全晓得那以前我是把 K 当作亲弟弟来疼爱和关怀的。我的父母在我面前也不提及那件事。可我心里明白：如果努力，我是有可能救出 K 的，有可能跑到 K 那里拉起他逃往浪打不到的地点。在时间上或许十分勉强，但依我记忆中的时间来算，那一点儿余地我想恐怕还是有的。然而——前面我也说了——我在惊心动魄的恐怖面前竟扔下 K 只管独自逃命。K 的父母不责怪我，任何人都像害怕捅破脓包一样避而不谈，而这反而让我痛苦。很长时间里我都无法从那种精神打击中振作起来，我一不上学二不好好吃饭，每天只是躺着定定地注视天花板。

"K 那张横在浪尖上朝我冷笑的脸，我无论如何也无法忘记。他那只仿佛引诱我似地朝我伸出的手、那一根根手指，我都无法从脑海里消除。刚一入睡，那张脸那只手便迫不及待地闯入我的梦境。梦中，K 从浪尖中轻盈地一跃而出，一把抓住我的手腕，顺势把我拖进浪中。

"那以来我还常做这样的梦——梦中我在海里游泳，晴空万里的夏日午后，悠然自得地在海湾里蛙泳。太阳热辣辣地照着我的脊背，水舒坦坦地包拢我的肢体。不料那时有谁在水里抓住我的右脚，脚腕感觉出那只冰冷的手。手十分有力，没办法挣脱，我就那样被拖入水中。在水中我看见了K的脸。K与当时一样，脸上浮现出几乎把整张脸撕裂开来的大幅度的笑，目不转睛地盯着我。我恨不得大声喊叫，却喊不出，唯有呛水而已。水灌满了我的肺腑。

"我一声大叫，一身冷汗，气喘吁吁地从黑暗中醒来。"

"那年年底，我向父母提出，自己想争分夺秒离开此镇搬去别的地方。我说自己无法在眼睁睁看着K被浪头卷走的海岸继续生活下去，'况且你们也知道，我每晚每夜做噩梦，想多少远离这里一些，否则说不定会发疯的。'听我这么说，父亲为我办了转学手续。一月，我迁到长野县，开始上当地的小学。小诸附近有父亲的老家，我得以住在那里。我在那里升入初中，又上了高中，放假也不回家，只有父母不时前来看我。

"现在我也在长野生活。从长野市一所理工科大学毕业出来，进入当地一家精密机械公司工作，直到现在。我作为极为普通平常的人工作着生活着。诸位也看到了，没有什么与众不同之处。与人交往绝对算不上擅长，但喜欢登山，由于这个关系也有几个要好的朋友。离开那个镇子以后，噩梦做得不像以前那么频繁了。倒不是说它已退出我的生活,有时会像收款员敲门一样找到我头上,快要忘掉时肯定找来。梦总是一模一样,细节都毫无二致。每次我都大叫着睁眼醒来,汗出得被褥湿漉漉的。

"没有结婚恐怕也是因为这个。我不愿意半夜两三点大叫把身旁的人吵醒。这以前也有几个自己喜欢的女性,但跟谁都没一起度过一晚。恐怖已经沁入我的骨髓,根本不可能同别人分担。

"结果,我四十多年没回故乡,没靠近那个海岸。不但海岸,大凡与海有关的我都没接近,生怕一去海岸就真的发生梦里的事。不仅如此,自那以来就连游泳池——我本来特喜欢游泳——也不去了,深水河也好湖也好都半步不去,乘船也免了,坐飞机出国也不曾有过。尽管如此,我仍然无法把自己即将在哪里淹死的场景从脑际抹除。那种黯然神伤的预感,仿佛梦中 K 的手一样抓着我的意识不放。

"我第一次重回 K 被卷走的海岸是去年春天。

"此前一年父亲因癌症去世,哥哥为处理财产卖了老房子,在整理储藏室时发现了一个纸板箱装有我小时候的东西,就寄了过来。大部分是无用的零碎东西,但其中有一束 K 给我的画,又碰巧让我看见了。想必是父母作为纪念物为我保存下来的。我惊恐得几乎透不过气,觉得 K 的灵魂从画中活了过来。我打算马上处理掉,重新按原样用薄纸包好,放回箱内。可是我无论如何都无法把 K 的画扔掉。犹犹豫豫了好几天,最后再次剥开薄纸,一咬牙把 K 画的水彩画拿在手上。

"几乎全是风景画,似曾相识的海、沙滩、松林、街道,以 K 特有的明快色调描绘出来。不可思议的是,颜色没有褪,往日见时的印象原原本本鲜明地保留下来。拿在手上半看不看的时间里,我的心情开始变得十分怀旧。那些画甚至比记忆中的还好得多,艺术上也够出色。从画中,我可以痛切地感受到仿佛 K 那个少年的内心世界的东西。我得以确确实实地——可谓感同身受——理解他是以怎样的眼神观察周围世界的。我看着画,自己和 K 一起做过的事、一起去过的场所历历在目。是的,那也是少年时代的**我自身**的眼神,那时的我和 K 肩并肩以同样生机勃勃没有一丝阴翳的眼睛观察世界来着。

"每天从公司回来,我就坐在桌前拿起一张 K 的画看,没完没了地看。那上面有被我长期断然赶出脑海的少年时代撩人情思的风景。每次看K的画，我都觉得有一种什么静静地渗入自己的身心。

"一天——大约过了一个星期吧——我这样想：**说不定自己这以前的想法是天大的误解**，那浪尖上横躺着的K恐怕不是怨我恨我或企图把我带去哪里。之所以看起来像是冷笑，大概只是**某种偶然性**造成的，那时的他岂非早已人事不省了？或者是在向我微笑着做最后告别也未可知。我从K表情中看出的深恶痛绝，恐怕不过是那一瞬间俘虏我控制我的深层恐怖的投影而已……细看K过去画的水彩画时间里，我的这种念头愈发强烈起来。无论怎么看，我看到的都只是一颗没有杂质的安详平和的心灵。

"我在那里静静坐了很久很久。站都站不起来了。太阳落了，淡淡的暮色缓缓笼罩房间。不久，深深沉默的夜降临了。夜无尽无休地持续着，及至其重量积攒到夜之砝码无法忍耐的时候，黎明终于到来。新的太阳微微染红天空，鸟们睁眼醒来开始鸣叫。

"那时我拿定主意：要回到镇子上去，立即动身！

"我把东西塞进旅行包，给公司打电话请了急假，乘列车往故乡赶去。

"故乡已不再是我记忆中安静的海边小镇了。六十年代经济腾飞期间近郊出现的工业城市，使得那一带的景致大为改观。原本只有礼品店的站前如今商铺鳞次栉比，镇上唯一的电影院成了很有规模的超市。我家的房子也不见了。房子几个月前已被人拆毁，只剩下裸露的空地，院里的树被统统砍倒，黑色地面到处长着杂草。K住的老房子也同样没了踪影，成了按月付租的混凝土停车场，排列着小轿车和货车。但我心中全然没有一丝感伤，因为很久以前它就不是我的故乡了。

"我走到海岸，爬上防波堤的石阶。防波堤对面同以前没什么两样，大海无遮无挡地漫延开去。无边的海。远方可以望见一条水平线。沙滩风景也一如往昔，同样铺展着细沙，同样浪花拍岸，同样有人在水边散步。午后四时已过，薄暮时分柔和的阳光包拢四周。太阳仿佛在思考什么，慢慢悠悠地向西边倾斜。我在沙滩上坐下，旅行包放在身旁，只管默然注视着那番景致。从中无论如何也想象不出那里曾袭来那么大的台风、巨浪曾把我独一无二的好友席卷而去。依然记得四十几年前那场事故的人，如今想必也所剩无几了。恍惚间，一切都似乎是我脑袋里捏造出来的精致幻景。

"蓦然回神，我心中深沉的黑暗已然消失，一如其到来之时一般忽然间了无踪影。我缓慢地从沙滩上立起，走到波浪拍打的边际，裤腿也没挽就静静地迈入海中。鞋也穿着，任由赶来的浪花拍打。和小时扑来这里相同的波浪就像要表示和解，亲切地拍打我的脚，弄湿我的裤子和鞋。几道徐缓的波浪间歇性地赶来，又撤身离去。从旁边走过的人们以费解的眼神一闪一闪地打量我的这副样子，但我全然不以为意。是的，我是在经历漫长岁月之后才到达这里的。

"我抬头望天。几片残棉断絮般细小的灰云浮在空中。没有像样的风，云看上去一动不动地留在原处。倒是表达不好——那几片云就好像是为我一人浮在那里的。我想起小时候自己为寻找台风的大眼睛而同样仰面望天的情景。其时，时间的轮轴在我心中发出大大的吱呀声，四十余载时光在我心中犹如朽屋土崩瓦解，旧时间和新时间融合在同一漩涡中。四周声响尽皆消遁，光在颤颤摇曳。随即，我的身体失去了平衡，倒在涌上前来的波浪中。心脏在我喉头下面大声跳动，四肢感觉变得虚无缥缈。好半天我就以那样的姿势伏在那里，无法立起。但我已不再怕了。是的，已没有什么好怕的了。它已远远离去。

"自那以来,我就再也没做噩梦,没有半夜惊叫醒来。现在,我准备改变人生,从头做起。或许从头做起为时已晚,可纵使为时已晚,我也还是要感谢自己终于如此得救,如此重振旗鼓。因为,我在无救的情况下、在恐怖的黑暗中惊叫着终了此生的可能性也是完全存在的。"

第七位男士沉默良久,环视在座众人。谁都一言不发,呼吸声甚至都可听到,改换姿势的人也没有。大家在等待第七位男士继续下文。风似乎已彻底止息,外面一点动静也没有。男士再次手摸衣领,仿佛在搜寻话语。

"我在想,我们的人生中真正可怕的不是恐怖本身,"男士接下去说道,"恐怖的确在那里……它以各种各样的形式出现,有时将我们压倒。但比什么都恐怖的,则是在恐怖面前背过身去、闭上眼睛。这样,我们势必把自己心中最为贵重的东西转让给什么。就我来说,那就是浪。"

盲柳,及睡女

(关于盲柳的说明)

差不多时隔八年,我对发表在一九八三年十二月号《文学界》上的《盲柳与睡女》进行了修改,于是有了这篇作品。原作大约有八十页原稿纸(每页四百字),约略长了些,以前就想多少缩短一点儿。九五年夏天正好有个在神户和芦屋举办朗诵会的机会,当时无论如何都想朗诵这篇作品(因为这篇作品是想着那一地区写的),遂决定大加改动。为将其同原作《盲柳与睡女》区别开来,就随便换了个名字,姑且叫《盲柳,及睡女》。原稿页数减了四成,压缩到四十五页左右,内容也因之有部分改变,流势和意韵都和原作略有不同,遂作为另一版本、或者说作为另一形式的作品收入这个短篇集。短时间里新旧两个版本将同时存在。

那篇作品和同样收在短篇集中的短篇《萤》乃是一对。《萤》后来纳入长篇《挪威的森林》，而那篇《盲柳与睡女》，情节上则同《挪威的森林》没有直接关联。

闭上眼睛，就闻到了风的气味。带有硕果般膨胀感的五月的风。风里有粗粗拉拉的果皮，有果肉的粘汁，有果核的颗粒。果肉在空中炸裂，果核变成柔软的霰弹嵌入我裸露的手臂，留下轻微的疼痛。

"嗳，现在几点？"表弟问我。我们身高相差近二十厘米，表弟说话总是扬头看我的脸。

我觑了眼手表："十点二十分。"

"表可准？"表弟问。

"我想是准的。"

表弟拉起我的手腕看表。手指细细滑滑，却意外有力。"贵么，这个？"

"不贵,便宜货。"我又看了一眼表盘说道。

没有反应。

我看看表弟,见他正不无困惑地往上看着我,唇间露出的白牙看上去就像退化的白骨。

"便宜货。"我看着表弟的脸,一字一板地重复,"便宜是便宜,**但相当准。**"

表弟默然点头。

表弟右耳不好。上小学没几天耳朵就给棒球砸中了,那以来听力一直有障碍。话虽这么说,日常生活中基本没有什么不便,所以还是上普通学校,过普通生活。教室里总坐右侧第一排,以便左耳对着老师。成绩也不差。但他有能够较好地听清外部声音的时期和不能的时期,二者相互交替,如潮涨和潮退。此外,每半年偶尔还会有一两次两只耳朵几乎都什么也听不见,就好像右耳沉默得太厉害,连左耳的声音都给闷死了。那一来,普通生活不用说过不成了,学校也不得不停去一段时间。至于什么缘故造成的,医生也解释不了,因为别无此例,治疗自然也无从谈起。

| 盲柳,及睡女 |

"就是说表这东西,也不是贵就一定准喽。"表弟简直像在说给自己听,"我以前那块表倒是相当贵,可动不动就出问题。上初中时买的,一年就丢了,那以来一直没表。没让父母再买一个。"

"没有表不方便吧?"我问。

"哦?"表弟反问。

"不方便吧,没有表?"我看着他的脸又说了一遍。

"也不至于。"表弟摇摇头说,"又不是一个人在山里边生活,时间什么的总能问别人。"

"倒也是。"

往下我们沉默了一阵子。

我应该对他更亲切些,应该这个那个多搭些话,这点我很清楚。应该在到医院之前多少缓解他感觉到的紧张。只是,从上一次见他到现在,已经过去了五年。五年时间里,表弟从九岁长到十四,我由二十变为二十五。这段时间空白在我们之间砌了一道障碍,仿佛无法穿透的半透明的隔墙,即使我有什么要向他搭话,也想不出合适词语。每当我支支吾吾欲言又止的时候,表弟总是以有点困惑的神情往上看我,左耳略略朝这边倾斜。

| 列克星敦的幽灵 |

"几分?"表弟问。

"十点二十九分。"我回答。

公共汽车开来是十时三十二分。

同我上高中时相比,公共汽车的车型已经是新式的了,驾驶席的窗玻璃很大,俨然拧掉翅膀的大型轰炸机。车内比预想的拥挤,站在通道上的乘客固然没有,但也没有足以让我们两个并排坐下的位置。所以我们也没坐,而是站在最后面车门那里。反正路不太远。只是,我没办法理解这个时间段何以有这么多人坐公共汽车。车是环行线,从私营地铁站始发,绕山脚住宅区转一圈,又回到同一车站。沿线又没有什么特殊的名胜和设施。学校倒是有几所,上学时间自是相当挤,而午休时间车上本该空荡荡的才是。

我和表弟各自一手抓吊环一手扶立柱。汽车闪闪发光,看上去就像刚出厂就运来这里的,金属部位一尘不染,简直可以完整地照出脸来。座罩的绒毛也挺挺实实的,连每颗螺丝钉都漾出新机械特有的得意和乐天意味。

车的换新和乘客人数比预想的多让我有点儿不知所措。或者沿线环境在我不知道的时间里摇身一变也未可知。我小心翼翼地环顾车厢，之后观望窗外景致，然而看到的仍是一如往日的幽静的郊外住宅区风光。

"坐这车行吗？"表弟不安地问我，大概是见我上车后脸上一直显出困惑的缘故。

"放心，"我半是说给自己听，"不会错的，来这里此外没别的车。"

"过去可坐这公共汽车上高中来着？"

"是的。"

"喜欢学校？"

"不大喜欢。"我实话实说，"不过去那里能见到同学，所以上学倒不怎么难受。"

表弟就我的话思索了一番。

"那些人，现在还见？"

"哪里，好久没见了。"我斟酌着回答。

"为什么？为什么不见呢？"

"因为离得太远。"这自然是实情，不过此外也没办法解释。

我旁边坐着一伙老人,一共有十五六人。车挤其实是这伙老人造成的。老人们都晒得相当可以,连脖颈后都晒得那么均匀,而且都瘦,无一例外。男的大多身穿登山用的厚衬衣,女的基本是素淡的半袖衫。每个人都把休闲登山用的小背囊样的东西放在膝头,长相都相似得不可思议,简直就像把放着同一项目样品的抽屉抽出一个直接端到了这里。不过也真是奇怪,这条线路上根本没有登山路线,他们到底要到什么地方去呢?我手抓吊环想来想去,但想不出合适答案。

"这次治疗会痛么?"表弟问我。

"会不会呢?"我说,"具体的还什么都没问。"

"你以前没找过看耳朵的医生?"

我摇摇头。回想起来,生来至今还一次也没找过耳医。

"过去的治疗相当痛来着?"我询问。

"倒也不是。"表弟露出一丝苦相,"当然不是说完全不痛。有时候**多少**还是痛的。并不是痛得**不得了**。"

"那么,这回怕也差不许多。听你母亲说,这回的做法大概同以前也没太大区别。"

"问题是，如果同以前没有区别，那么不是同样治不好么？"

"那不一定，偶然碰巧的时候也是有的。"

"就像瓶塞一下子拔了出来？"

我扫了一眼表弟的脸。看不出是在故意自嘲。

我说："医生换了，心情也会跟着换的，甚至顺序的一点点变动都有很大意义。不要轻易灰心丧气。"

"也不是灰心丧气。"表弟说。

"可厌倦是有的吧？"

"算是吧。"说着，表弟叹了口气，"最叫人受不了的是害怕。想象可能到来的疼痛要比实际疼痛讨厌得多、害怕得多。这个你可明白？"

"我想我明白。"我应道。

那年春天发生了很多事。干了两年的东京一家小广告代理店的工作因故辞了；差不多同时，和大学时代就开始相处的女子也分手了。翌月祖母因肠癌去世，我拎着一个小旅行箱返回阔别五年的这个小镇参加葬礼。家里我住过的房间还原样剩在那里——书架上摆着我看过的书，有我睡过的床，有我用过的桌子，我听过的旧唱片也在。房间里的一切都变得干巴巴的，早已失去了色彩和活气，唯独时间近乎完美地沉淀了下来。

原定祖母的葬礼过后休息三天就返回东京，找新工作也不是完全没门路，打算试一试再说，另外还打算搬个家改变一下心情。可是随着时间的推移，渐渐懒得动身了。说得准确些，就算我想动也已经动不得了。我一个人闷在房间里听旧唱片、重读往日读过的书，有时拔拔院子里的草。谁也不见，除了家人跟谁也不说话。

如此时间里，一天姨母来了，说表弟这回要去一家新医院，问我能不能陪他去一趟，并说本来应该她自己去，但那天有要紧事要办。医院就在我就读过的高中附近，地点清楚，又闲着，没有理由拒绝。姨母还递过一个装钱的信封，叫两人用来吃饭。

表弟之所以转去新医院，是因为原先去的医院几乎没有什么医疗效果。不仅如此，耳聋周期还比以前缩短了很多。姨母抱怨了医生几句，结果对方说病因恐怕不在于外科，而在于你们家的家庭环境，于是吵了起来。当然说心里话，谁也没指望换一家医院表弟的听觉障碍就会马上消除。看样子，周围人对他的耳朵已基本不抱希望，尽管没说出口。

我和表弟虽然家离得近，但由于年龄相差不止十岁，所以没有什么密切交往，不外乎亲戚相聚时把他领去哪里或一起玩玩那个程度。尽管这样，不知什么时候起，大家还是把我和这个表弟看成"一对"。就是说，大家认为表弟特别亲近我，而我也特别疼爱他。对此我很长时间里不明所以，但此时看见他这么歪起脖子把左耳一动不动对着我的样子，我奇异地为之心动了。他那不无稚拙的一举一动就像很久以前听到的雨声一样让我感到分外亲切，于是我多少明白了为什么亲戚们把我和他联系在一起的缘故。

车开过七八个站，表弟再次以不安的眼神往上看我的脸。

"还往前？"

"还往前。大医院，不可能看漏。"

车窗吹进的风静静拂动着老人们的帽檐和脖子上的围巾，我似看非看地看着。他们到底是些什么人呢？到底想去什么地方呢？

"嗳，你要在我父亲的公司做工？"表弟问。

我吃惊地看着表弟的脸。表弟的父亲即我的姨夫在神户开一家很大的印刷厂，但我从没考虑过那种可能性，别人也没暗示过。

"没听说啊。"我说，"怎么？"

表弟脸红了。"只是忽然觉得。"他说，"不过那不蛮好么？可以一直待在这里，大家都欢喜。"

录音带报出站名，但按停车钮的人一个也没有。车站上也没见有人等车。

"可我有事必须回东京的。"我说。

表弟默然点头。

必须回东京做的事一件也没有。但是我不能留在这里，不能。

公共汽车爬上斜坡，房舍随之变得稀疏，郁郁葱葱的树枝开始把浓重的阴影投向路面，洋人那围墙低矮的涂漆住宅也闪入眼帘。风带有丝丝凉意。每当汽车拐弯，海都在眼下时隐时现。一路上我和表弟便以眼睛追逐这样的风景。

表弟说诊疗要花不少时间，且一个人就行了，叫我在哪里等着。我对那位医生寒暄一番，便离开诊疗室走去餐厅。早上几乎什么也没吃，肚子已经饿了，可是食谱上的东西哪一样也引不起我的食欲，结果只要了杯咖啡。

因为是个普通日子的上午，餐厅里除了我只有一家人家的成员。四十五六岁光景的父亲身穿深蓝色条纹睡衣，脚上一双塑料拖鞋。母亲和一对双胞胎小女孩是前来探望的，双胞胎一身白色连衣裙，表情都一本正经，像趴在桌上似的喝橙汁。父亲不知是受伤还是患病，反正看上去不太严重，父母也好孩子也好无不显得有点儿百无聊赖。

窗外舒展着一大片草坪。喷水龙头到处出声地旋转着，把银光闪闪的水花洒在绿色草坪上，两只叫声尖厉的长尾鸟笔直地掠过其上方，倏忽间从视野中消失了。草坪往前有几个网球场，网已拆掉，空无人影。网球场对面有一排榉树，从枝叶间可以望见海，微波细浪点点处处反射着初夏的阳光，闪闪耀眼。路过的风吹拂着榉树的新叶，吹得喷水龙头那有规律的水花多少乱了阵形。

我觉得很久很久以前似乎在哪里见过同样的光景。有宽阔的草坪院落，双胞胎女孩啜着橙汁，长尾鸟飞去哪里，没拉网的网球场对面闪出海面……不过那是错觉。虽然栩栩如生，历历在目，但我完全知道那是错觉。毕竟来这医院是第一次。

我把脚搭在对面椅子上,深吸一口气,闭上眼睛。黑暗中,白色块体出现了,就像显微镜下的微生物无声地一伸一缩,或改变形状或四下扩散,旋即又聚成一个。

去那家医院是八年前的事了。是一家靠近海边的小医院,从餐厅窗口只能看见夹竹桃。老医院,总有一股下雨味儿。朋友的女友在那里做胸腔手术,我和他一起去探望。那是高二的夏天。

手术没什么大不了,天生有一根肋骨往内侧移位,要把它矫正过来。并非必须马上做,但既然迟早要做,还是早做为好,如此而已。手术本身转眼就完事了,只是术后静养很重要,便住了十天院。我俩一起坐一辆雅马哈 125CC 摩托赶去医院。去时他开,回程我开。是他求我一同去的,"不乐意一个人去什么医院。"他说。

朋友顺路在站前糕点铺买了盒巧克力。我一手抓他的皮带,一手紧攥巧克力盒。大热天,我们的衬衫被汗湿得一塌糊涂,又给风吹干,如此周而复始。他一边开摩托,一边以糟糕透顶的嗓音唱一首莫名其妙的歌。现在我还记得他当时的汗味儿。那位同学其后不久就死了。

　　她身穿蓝睡衣，披一件及膝长的薄薄的长袍样的东西。我们三人坐在餐厅桌旁，吸"HOPE"，喝可乐，吃雪糕。她甚是饥不可耐，吃了两个沾满砂糖的甜甜圈，喝了一杯加足奶油的可可，仍一副意犹未尽的样子。

　　"出院时要成猪了。"朋友看得目瞪口呆。

　　"没办法，康复期嘛。"她边说边用纸巾揩指尖上沾的甜甜圈油花。

　　他俩说话时间里，我眼望窗外的夹竹桃。好大的夹竹桃，俨然一小片树林。涛声也传来了。窗口护栏已被海风吹得锈迹斑斑。天花板上吊一台古董般的电风扇，搅拌着满房间闷热的空气。餐厅里充满医院味儿，无论食物还是饮料都不约而同地散发着医院味儿。她睡衣上有两个胸袋，一个胸袋上别着一支金黄色的小小的圆珠笔。往前弯腰时，从V形领的胸口闪出未被太阳晒着的平滑白皙的胸脯。

　　我的思路至此陡然打住。这是为什么呢？我开始琢磨。喝可乐、望夹竹桃、看她的胸脯，接下去到底怎么了？我在塑料椅上换个姿势，手托下巴，挖开记忆的沉积层，如用细细的刀尖撬软木瓶塞。

……我移开眼睛，想象医生们切开她的胸肌，往里面伸进用橡胶手套包裹的手指移动肋骨位置的场面。但那似乎非常不真实，像是打比方。

对了，接下去我们讲到了性，是朋友讲的。讲什么来着？大概讲我做的什么。我想用甜言蜜语让女孩子就范，却未如愿——记得是这么回事。尽管不是什么了不得的事件，但由于他添枝加叶说得妙趣横生，听得她放声大笑，我也忍俊不禁。他很善于表达。

"别逗人家笑嘛。"她不无痛苦地说，"一笑胸口还痛的。"

"哪里痛？"朋友问。

她隔着睡衣把手指按在心脏的正上方、左乳房稍稍偏内那里。朋友又就此讲了句笑话。她又笑了。

看表：十一时四十五分。表弟还没返回。快到午饭时间了，餐厅里开始拥挤起来。各种各样的声响和人们的说话声混杂在一起，烟一般笼罩着房间。我重新返回记忆王国，思索她胸袋那支小小的金黄色圆珠笔。

……是的，她用那圆珠笔在纸巾背面画什么来着。

她在画画。纸巾太软，圆珠笔尖给挂住了。但她还是画。画山。山上有座小房子。她一个人睡在房子里。房子四周茂密地长着盲柳。盲柳使她沉睡。

"盲柳到底是什么？"朋友问。

"一种植物么。"

"没听说过。"

"我造的。"她微微一笑。"盲柳有好厉害的花粉，沾了花粉的小苍蝇钻进耳朵，让女人昏睡过去。"

她拿过一张新纸巾，在上面画盲柳。盲柳是杜鹃花树大小的灌木，开花，花被厚绿叶里三层外三层地围着，叶形宛如一束蜥蜴尾巴。看上去盲柳全然不像柳树。

"有烟？"朋友问我。

我隔着桌子把被汗水弄湿的一盒"HOPE"扔给他。

"盲柳外观虽小，但根子极深。"她解释说，"实际上，到达一定年龄之后，盲柳就不再往上长，而是一个劲儿往下伸，就像要把黑暗当营养。"

"而且，苍蝇运来花粉，钻入耳朵，让女人睡觉。"朋友总算用湿火柴点燃了烟，"那么……苍蝇要干什么呢？"

"在女人体内吃她的肉，还用说。"她回答。

"吧唧吧唧。"朋友接道。

对了，那年夏天她还写了一首关于盲柳的长诗，给我们介绍了诗的梗概。那是她暑假里唯一的作业。从某晚一个梦中想出情节，在床上花了一个星期写成长诗。朋友提出想看，她没给，说细小地方还没修改，转而画图介绍诗的梗概。

为了救助因盲柳花粉而昏睡不醒的女子，一个小伙子爬上山岗。

"那是我吧，肯定。"朋友插嘴。

她摇摇头："不不，不是你。"

"你知道？"朋友问。

"我知道。"她一脸认真的神情。"为什么不晓得，反正就是知道。伤害你了？"

"当然。"朋友半开玩笑地皱起眉头。

小伙子拨开挡住去路的密密麻麻的盲柳，一步步爬上山岗。自从盲柳蔓延开来以来，他是第一个实际爬上山岗的人。小伙子拉低帽檐，边移步边用一只手赶着一群群苍蝇——为了见到沉睡的少女，为了把她从长久的酣睡中唤醒。

"说到底，少女的五脏六腑已经在山顶给苍蝇吃光了吧？"朋友问。

"在某种意义上。"她回答。

"在某种意义上被苍蝇吃光，也就是在某种意义上是件伤心事喽，肯定。"朋友说。

"啊，算是吧。"她想了想说道。"你怎么看？"她问我。

"听起来是够伤心的。"我说。

表弟返回已是十二点二十分。他脸上的神情总好像对不上焦点，手里拎着一个装药的袋子，从出现在餐厅门口到找见我的桌子走过来花了不少时间，步伐也有点歪斜，似乎身体保持不住平衡。

往我对面的椅子上一坐,他赶紧大大地吸了口气,就像忙得忘记呼吸了似的。

"怎么样?"我试着问。

表弟"唔"了一声。

我等他开口,但怎么等也没动静。

"饿了吧?"我问。

表弟默默点头。

"在这里吃?还是坐公共汽车到街上吃?"

表弟满腹狐疑地打量了一圈餐厅,说这里可以。我买来餐券,要了两份套餐。饭端来之前,表弟像我刚才那样一声不响地看着窗外的风景——海、一排榉树、喷水龙头……

旁边桌子一对穿着整齐的中年夫妇一边吃三明治,一边讲患肺癌住院的一个熟人:五年前就戒了烟但为时已晚啦,早上起来吐血啦,如此这般。妻问,丈夫答。丈夫解释说,在某种意义上,癌那东西乃一个人生活方式的倾向的浓缩。

套餐是汉堡牛肉饼和炸白鱼,另有色拉和面包卷。两人面对面默默吞食。这时间里邻桌夫妇兀自大谈特谈癌的形成,什么最近为什么癌症增多啦，为什么没有特效药啦，等等等等。

"哪里都大同小异。"表弟看着自己的双手，用有些呆板的声音对我说，"都问同样的话，做同样的检查。"

我们坐在医院门前的长凳上等公共汽车。风不时摇颤着头顶的绿叶。

"有时候耳朵会完全听不见？"我问表弟。

"是的。"表弟回答，"什么都听不见。"

"那是怎样一种感觉呢？"

表弟歪起头想了想说："忽然意识到时，简直一点声音都听不到了。不过意识到要花相当一些时间。意识到时已经什么都听不见了，就像堵着耳塞待在深海底。**它**要持续好大一阵子。那时间里耳朵自然听不见，但不单单是耳朵。耳朵听不见只是**它**的极小一部分。"

"感觉不快吧？"

表弟短促而坚决地摇了下头："也不知为什么，倒也没有不快的感觉。只是这个那个不方便，如果听不见声音的话。"

我思索一番，但体会不出是怎么个滋味。

"看过约翰·福特[1]的《要塞风云》？"表弟问。

"很久以前看过。"

"前些天在电视上看来着。电影实在有趣得很。"

"呃。"我附和道。

"开头那里，西部要塞来了一位新到任的将军。老大尉出来迎接，就是约翰·韦恩。将军还不太了解西部战况，不知道要塞周围发生了印第安人叛乱。"

表弟从衣袋里掏出折叠的白手帕，擦了下嘴角。"一到要塞，将军就对约翰·韦恩说：'来这里的路上，看见几个印第安人。'于是约翰·韦恩以若无其事的神情这样回答：'没关系。阁下看见印第安人，就是说印第安人不在那里。'准确的记不得了，大致是这样的。明白怎么回事？"

我记不起《要塞风云》有那样的台词。作为约翰·福特电影的台词，我觉得未免有点费解。不过看那电影是很早以前的事了。

"所有人的眼睛都能看到的事是不那么重要的——大概是这个

1　John Ford（1894—1973），美国电影导演，编剧，制片人。曾获奥斯卡最佳导演奖。

意思吧……不大明白。"

表弟蹙起眉头:"我也稀里糊涂。只是,每当因为耳朵被人同情时,不知为什么我就想起那句话:'看见印第安人,就是说印第安人不在那里。'"

我笑了。

"奇怪?"表弟问。

"奇怪。"我说。

表弟也笑了。久违的笑。

停了片刻,表弟直截了当地说道:"嗳,能往里看一下我的耳朵?"

"看耳朵?"我有点吃惊。

"只从外面看即可。"

"那行,可为什么呢?"

"没什么。"表弟红着脸说,"想让你看看什么样子。"

"好的,"我说,"这就看。"

表弟脸朝后把右耳转给我。细看之下,耳形非常漂亮。大并不大,但耳垂就像刚出锅的松糕一样软乎乎地隆起着。我还是第一次细瞧别人的耳朵。较之人体的其他器官，耳朵这东西在形态上颇有匪夷所思之处，所有地方都自行其是地拐来拐去、坑坑洼洼，或许是在进化过程中为追求聚音和防护等功能而自然形成了如此不可思议的外观。在这种奇形怪状的屏障的簇拥下，一条耳孔黑乎乎地敞开，如秘密洞穴的入口。

我想到她耳朵里盘踞的微小的蝇们。它们的六条腿黏糊糊地沾满了甜腻腻的花粉，潜入她暖融融黑漆漆的体内，噬咬柔软的粉红色鲜肉，吮吸汁液，在脑袋里产下小小的卵。然而她看不见它们，翅膀声也听不见。

"可以了。"我说。

表弟一下子转回身，在长凳上重新坐好。"怎么样，可有反常的地方？"

"从外面看好像没什么反常。"

"比如感觉上有点什么没有——光感觉也可以的。"

"普普通通的耳朵。"

表弟显得有些失望。或许我不该那么说。

"治疗时痛不？"我试着问。

"痛倒不至于,和以前一样。以同样的方式来回刮同样的地方。现在真有点担心那里给刮坏了。有时都觉得不是自己的耳朵。"

"28路,"稍顷,表弟转过脸说,"乘28路公共汽车可以的吧?"

我一直在想别的,听他这么说,我抬起脸来,见公共汽车正放慢速度在上坡路上拐弯。不是来时的新车型,而是有印象的老车,前面写着"28"的编号。我想从长凳上站起,却站不起来。手脚就好像置于急流正中,没办法随心所欲。

这时,我想起那个夏天探病带的巧克力盒。她兴冲冲地打开盒盖一看,一打小巧克力早已融化得面目全非,黏糊糊地粘在隔纸和盒盖上了。原来我和朋友来医院路上曾把摩托停在海边,两人躺在沙滩上天南海北闲聊,那时间里巧克力盒就一直扔在八月火辣辣的阳光下。于是巧克力毁于我们的疏忽和傲慢,面目全非了。对此我们本该有所感觉才是,本该有谁——无论谁——多少说一句有意义的话才是。然而,那个下午我们全然无动于衷,互相开着无聊的玩笑，就那么告别了，任凭盲柳爬满那座山岗。

表弟用力抓住我的右臂。

"不要紧吧？"表弟问。

我让思绪返回现实，从长凳上欠起身。这回得以顺利站起。皮肤可以再次感觉出掠身而过的五月令人怀念的风。随后几秒钟时间里，我站在昏暗而奇妙的场所，站在眼睛看到的东西并不存在而眼睛看不到的东西恰恰存在的场所。但不久，现实的 28 路公共汽车终将停在眼前，现实的车门将打开，我将钻进去赶往别的场所。

我把手放在表弟肩上。"不要紧的。"我说。

后记

　　这里收的作品的创作时间，除了《盲柳，及睡女》，可以分为两段。《第七位男士》和《列克星敦的幽灵》两篇写于《奇鸟行状录》之后（一九九六年），其他作品则是在《舞！舞！舞！》《电视人》之后写的（一九九〇年、一九九一年），其间相隔五年。那期间我一直住在美国，执笔创作了《奇鸟行状录》和《国境以南　太阳以西》两部长篇，短篇小说一篇也没写，或者说挤不出时间写。

　　前面说明中也提了，《盲柳，及睡女》是将一九八三年写的那篇压缩成的。此外这本书里也有几篇或抻长或缩短的作品，这点我想交代一下。如此拖泥带水的确抱歉，这是我个人执着于将短篇小说或缩短或抻长的结果。

　　收在这里的《托尼瀑谷》是长的，短的收在《文艺春秋短篇小说馆》那本选集之中。《列克星敦的幽灵》也是长的，短的（大约短一半）发表在十月号《群像》上。

写的时候没往深处考虑，想怎么写就怎么写了。如今这么按年月顺序排列起来集中读一遍，自以为"还过得去"的东西也还是有的。我想大概是一种心情流程的反映——当然终究出于**自以为**。

出单行本之际，做了修改。

村上春树

REKISHINTON NO YUREI

by Haruki Murakami

Copyright © 1996 Harukimurakami Archival Labyrinth

All rights reserved.

Originally published in Japan by Bungeishunju Ltd., Tokyo.

Chinese (in simplified character only) translation rights arranged with Haruki Murakami, Japan

through THE SAKAI AGENCY and BARDON-CHINESE MEDIA AGENCY.

图字：09-2000-470 号

图书在版编目(CIP)数据

列克星敦的幽灵/(日)村上春树著；林少华译
. —上海：上海译文出版社，2021.9
 ISBN 978-7-5327-8804-0

Ⅰ.①列… Ⅱ.①村… ②林… Ⅲ.①短篇小说—小说集—日本—现代 Ⅳ.①I313.45

中国版本图书馆 CIP 数据核字(2021)第 153672 号

列克星敦的幽灵

[日] 村上春树 著 林少华 译
责任编辑/姚东敏 装帧设计/千巨万工作室

上海译文出版社有限公司出版、发行
网址：www.yiwen.com.cn
200001 上海福建中路 193 号
上海市崇明县裕安印刷厂印刷

开本 890×1240 1/32 印张 5 插页 2 字数 64,000
2021 年 10 月第 1 版 2021 年 10 月第 1 次印刷
印数：0,001—8,000 册

ISBN 978-7-5327-8804-0/I·5438
定价：45.00 元

本书中文简体字专有出版权归本社独家所有，非经本社同意不得连载、摘编或复制
如有质量问题，请与承印厂质量科联系。T：021-59404766